桜ロンド

小池奏多

文芸社

目次

第一章　奏太の桜

新幹線が発着するたびに、琴のような音色が駅構内に鳴り響き渡る。それを耳にし、金沢に帰って来たことを実感した。

東口を出ると大きな鼓門が出迎えてくれた。見上げるとガラス張りの天井が翼を広げた鳥のように訪れた客たちを覆っていた。鼓門を潜り抜け、通りに出ると周辺の桜の木々は満開だった。今年の金沢は例年より早く桜が見頃になったようだ。毎年この季節には必ず帰っていたがそれも今日で最後となる。

県庁職員の僕は、六年前に省庁への出向を命じられた。できれば家族で上京したかったのだが、自宅を購入したばかりということもあり、生まれたばかりの息子と妻を残して単身赴任することにした。

東京では母方の実家で世話になっていた。ちなみに母は東京で生まれ育ち、金沢出身の父と都内の大学で知り合い、卒業と同時に金沢に来てそのまま結婚し今日に至っている。東京で暮らす祖母に、居候させてほしい旨を話すと快く引き受けてくれた。

母の実家は神田神保町で古書店を営んでおり、霞が関の庁舎へ通うにはうってつけだった。祖父はすでに他界しており祖母と出戻りの伯母の二人で細々と暮らしていた。そんなところへいきなり三十路半ばの中年男が厄介になるのは少々気が引けた。が、金沢と東京の二重暮らしに新築購入のローンを考えると、やむを得ずとばかり、ありがたく居候することにした。

鼓門の前で満開の桜を目にしながら自宅までの帰路をどうするかしばし考えた。金沢は繁華街中心地へ向かう路面電車も地下鉄も走っていない。公共交通機関は地方バスがメインだ。

すぐにでも飛んで行って妻や子供に会いたい気持ちもあるのだが、とりあえず歩いて帰ることにした。故郷に咲き誇る満開の桜たちを、心ゆくまで堪能したかったからだ。東京にいた時の荷物は全て自宅に送られて身軽だ。幸い天候も良く、雲一つない青空が広がっている。気温は低めで肌寒かったが、それくらいのほうが空気が澄んで景色が鮮明に映える。ただこんな清々しい春の桜日和に、早紀が一緒ではないことが寂しかった。

東京にいた約五年間、盆や正月の帰省以外にも、金沢へは彼女と桜を一緒に楽しむために帰っていた。桜を介して僕と彼女は理解し合い絆を深めていった。

早紀との関係は、俗にいう愛人というのではなかった。結婚後、妻の他に心を許せる女性との、初めての出会いだった。可愛い妹のような存在でもあった。できれば最後までそうでありたかった。妻への後ろめたさはあったが、盆と正月には必ず家族の元へ帰っていたし家族のこともこよなく愛していた。

早紀とは、当時穴場として有名な金沢の酒場で出会った。残念ながら店は何年か前に閉店し、マスターの消息もよくわからない。

東京出向後の翌年に迎えた春のことだった。仕事で一時帰省することになった僕は、その年の春、金沢に開通した北陸新幹線に乗り、到着したその足でそのまま職場に向かった。

業務を終え、帰りにちょうど見頃だった桜を満喫しながら、花見で賑わう繁華街を歩いた。楽しく行き交う人波の間を通るうちに、なんとなく気分が浮かれ気が付けば自宅に帰らず、学生の頃からよく通った居酒屋「ウンポコ」に立ち寄っていた。

「ウンポコ」は金沢の繁華街、片町の裏路地にあった。小さな飲み屋が軒を連ねる新天地通りにある場末の大衆居酒屋だ。新天地通りにはその昔、やくざな商売人もいて治安が悪かったそうだが、時代とともにヤバそうな店は姿を消し、最近は昭和レトロな雰囲気を活かして、新進気鋭の若い店主がお洒落な店を続々出店していた。僕が通っていた当時、店には学生や普通のサラリーマンから個性的な輩までが毎夜出入りし、外国人もよく来て、人種の坩堝と化していた。

店の前まで来ると、古びた木製ドアは開けっ放しだった。僕はそのまま店内に入った。立ち寄った時間は午後六時をすぎたばかりで店はまだいつもの賑わいはなく、客は僕一人だった。マスターの姿も見えず、仕方なくカウンターの中央の席に座った。

店はカウンターと四人掛けボックス席が三席だけで、五〇すぎの恰幅のいい丸眼鏡のおやじが一人でやっていた。いつもサイズの合わないエプロンをし、頭にねじり鉢巻きのタオルを巻いていた。普段は口数少なく不愛想なマスターだが、なぜか人望は厚かった。

僕はよく通っていた若い頃のことを回想しながらぼーっとカウンターの上のテレビを見ていた。しばらくして裏口のドアが開き、マスターがニヤニヤしながらスーパーのビニール袋を手に入って来た。

「おっ、もう帰って来たん？　ホームシックか。店開けたばっかかですぐ作れんけどなんか食うか？　昨日桜花賞でちょっと儲かったんや」

マスターの茶化しに、軽く笑い返した。相変わらず競馬にいそしんでいるらしい。しかも今回は当たり馬券ときた。どうりでご機嫌なわけだ。

「久しぶりにマスターお手製の『うどんピカタ』食いたいわ。すぐでなくてもいいしね。先にビール欲しいなぁ。ボトルもうなかったと思うし」

するとマスターが手つかずのウイスキーボトルを鷲掴みにして僕の目の前に置いた。

「俺のおごりや。ちょうど懐の温かい時に顔出したお客さん、あんたマジ運いいねぇ」

「いや〜いいんですかぁ。ではありがたく」

僕は置かれたボトルをさっそく手に取った。

「あっ、も一人ラッキーなお客が来たよ」

マスターが店のドアを見た。年は二〇代後半といった感じだろうか、ペールブルーのトレンチコートを着た快活そうで小柄な女性が、驚いたような顔をして入って来た。セミロングの髪を揺らして入店するや否や、

「私一番かと思ったんに先客おったん？」

クリッとした目をさらに丸くして残念そうに僕を見て言った。これが僕と早紀との出会いだった。

「桜花賞で儲かったらご馳走してやるって言うとったし仕事終わって飛んできたんになー」

早紀が口を尖らせ甘えるように言った。

「なんか俺お邪魔虫？　マスター」

僕は困ったように上目遣いでマスターの様子をうかがった。

「よっしゃ、ほな先着二名様限りで締め切りや。今店閉めるし待っとって」

頭に巻いたねじり鉢巻きのタオルと、パッパツのエプロンを素早く取って開店したばかりの店を閉め始めた。その姿を目にし早紀がはしゃいで言った。

「やったー。マスターありがとーそうくると思ったわ〜。私行きたかったシンガポール料理のお店あるし、そこ行こっ」

相変わらず適当な店主だと思った。僕はマスターと食事に行ったことはないが、早紀に言わせると、平日の早めに店を覗くと、だれかれ構わずその日の気分で店を閉めて食事に連れて行ってくれることがあるそうで、結局その日は本日休業なんてこともあるらしい。そんないい加減な商売をしながらも、店はそこそこ繁盛していて儲かっているようだった。そうやって客を飲みに連れ出すのも、独り身であるマスターの楽しみの一つなのかもしれない。

それはさておき僕はマスターの言う通り、ラッキーなお客として早紀と一緒に食事をご馳走してもらうことになった。「ウンポコ」を出た後、早紀に連れられ、金沢の中心部を流れる犀川のほうへと向かった。その途中で裏路地の店に入った。お店の雰囲気は異国情緒に溢れ、独特の香りが漂った。

「ここ結構昔からあって美味しいって有名で来てみたかってん。どれもそんなに高くないみたいやからマスター懐心配せんでいいよー」

早紀がマスターに寄りかかりほくそ笑んだ。嬉しそうにニンマリするマスターが子供のようで可愛く見えた。

僕たちは円テーブルに座り、「タイガービール」と、「カーリーヤンロウ」それに「豆苗炒め」を頼んだ。「カーリーヤンロウ」はカレー風味に味付けしたラム肉を揚げたものだ。それをつまみに僕たち三人はビールを飲み始めた。

「二人は初対面か？　店で会ったことないがか。奏太は社会人になってからあんまり顔出さんからなぁ。ほんならまず自己紹介から」

マスターの言葉で素直に自己紹介を始める僕だった。

「えーっと名前は瀬川奏太。今は出向で東京で働いており、今日は仕事でたまたま金沢に戻って来て、どういうわけかマスターにご馳走になってます。以上」

言い終わった途端なんだか恥ずかしくなった。するとマスターがニヤニヤしながら、

「そういえば京子ちゃん元気か？」

僕に聞いた後に早紀を見て続けて話した。

「京子ちゃんってこいつの奥さんや。確か大学の後輩でサークル仲間やったな？」

さらにニヤけてまた僕の顔を横目で見て喋り続けた。

「ほやけど付き合い始めたんは卒業した後やったちゅう話や。街で偶然会ったらしいわ。それがなんと東京でやぞ！　なんかドラマみたいでええなぁ」

「あ、ありがと、なんか頼みもせんがにいろいろ代わりに話してくれて。おかげさんで家族みんな元気で暮らしとるわ」

僕は顔を赤らめ口を尖らせて言った。僕と妻の馴れ初め話を好き勝手に楽しそうに話す上機嫌なマスターに、腹立たしくもあり嬉しくもあった。

「そうかぁ。子供生まれてすぐに単身赴任は寂しいなぁ」

マスターの同情する言葉につい乗せられ、僕は単身赴任を選択した理由を含め、結婚してから今までのことを嬉しそうにアレコレ話した。一通り話し終えた後、ハッと横を見ると、笑みを浮かべて僕ののろけ話をひっそりと聞いていた早紀に気付き、なんだか申し訳ない気分でいっぱいになった。

マスターも、僕が話している間なおざりになっていた早紀に気を遣ってか、彼女のほうに両手をたなびかせながらはしゃいで言った。

「さぁそれではいよいよおまちかねっー！　俺は最後やからねー。早紀どうぞー」

即座に早紀が言い返した。

「先どうぞって駄洒落か？　私の次はマスターちゃんと自己紹介してや。では始めます。名前は小暮早紀、文林堂書店で働いてます。って言ってもアルバイトやけどねー」

続けて早紀が話した。

「これでも一応司書免許持っとるげんよ。ちょっとやりたいことあってあえてアルバイト生活しとるけど、なんかいい年してアルバイトって世の中的にどうよって、内心気にしとる自分もいて……」

さらに続けて彼女が喋った。

「自分のやっとることに自信持っとったら、他人の目なんか気にせんと思うんやけどね。まだまだ人間できとらんなって思う。なんか愚痴ってしまった。ゴメン」

早紀は喋り終わると飲みかけのビールをグイッと一気に飲み干してしまった。

「そしたら次、俺の番やなぁ。実は俺若い頃東京の出版社で編集者しとってん。神保町の駅の近くやったわ。映画とか芸術関係の本専門にやっとったなぁ。大きい会社じゃなかったし忙しかったけどそれなりに面白かったわ。なんせ神保町は本の街やし」

　僕の東京住まいもまさしく神保町であることが口から出かかった矢先に、すぐさま続けてマスターが話し始めた。

「たしかまだ三〇前やったなぁ、高校の先輩から頼みあるって連絡あって。その先輩、飲み屋始めたばっかりやったんやけど、病気で続けられんようになって俺に引き継いでほしいって」

　マスターが続けて言った。

「先輩、何人かに声かけたらしいわ。でもな高校の頃の知り合いはだいたいがまっとうな仕事しとるわけよ。だから俺ぐらいしか引き受けようって奴おらんかったんやろうなぁ。俺はいつ潰れてもおかしくない零細出版社勤めでまだ独り身やったしな。編集の仕事もおもろかったけどな。なぜかそうそう悩むことなく会社辞めて、店引き継ぐことにしたんや」

　天を見つめしみじみと語るマスターだったが、すぐに顔を正して最後に一言付け加えた。

「で、今は競馬と酒とタバコを嗜む中年店主であります」

話し終わったマスターもなんだか恥ずかしそうに残りのビールを空けた。

「嗜む程度じゃないやろマスターは。どっぷり漬かっとるやろ」

早紀が即座に突っ込んだ。

「マスター、俺も今神保町に住んどる」

僕はさっそく今の住まいのことを言った。

「へーそうなん？　そうやなー。霞が関同じ区内やしな。満員電車乗らんでもチャリか歩きで行けるしな。家賃高くないいん？　公舎か？」

マスターが興味深げに聞いてきた。

「いや実は母親の実家に下宿中で」

僕は続けて言った。

「母の実家、神保町の古本屋やっとってちょうど通うのにも便利やし、先方も快く受け入れてくれて大助かり」

「えっ？　霞が関って省庁に出向ってこと？」

早紀がすかさず聞いてきた。

「県庁職員で中間管理職くらいになると慣例的に行けって言われることがあって、それでまぁそういうことになって」

省庁への出向がエリートであるかのように早紀に思われたのではと勝手に思い込み、謙遜した言い回しになっていることが、自意識過剰のようで自分に嫌悪感を抱いた。

そんな気分に追い打ちをかけるようにマスターが言った。

「出世コースまっしぐらやなぁ。次は海外勤務かもしれんなぁ。アメリカかヨーロッパ」

僕は話を変えようと間髪入れずにマスターに質問した。

「マスターの働いとった出版社って今もあるん？　神保町のどの辺？　自社ビル？」

マスターが答えた。

「自社ビルなわけがないやろ。まぁ一ツ橋辺りには超有名な大手が軒を連ねとるけどな、俺んとこは地下鉄駅出口の雑居ビルの二階。たぶん、もうないな。社長、爺ちゃんで後継者もおらん感じやったしな。地下に喫茶店があってそこのママが美人でよく通ったわ」

マスターが続けて言った。

「ところで奏太の住んどるとこは神保町のどの辺にあるん？」

僕は嬉しそうに答えた。

「『寿ぎ堂《ことほ》』っていう古書店なんやけど、聞いたことあるかな？　小さい書店で、古本屋の多いすずらん通りじゃなくてさくら通りの、しかも裏路地やから見かけたことないかもしれんね。

通勤はマスターの言う通り晴れたらチャリで雨降ったら徒歩。朝は白山通りに出て平川門まで行ってからそのまま内堀通りに入って、あとはまっすぐ行くだけや。徒歩でも三〇分くらいで着くし。内堀通りに入って緑地の自然を抜けると霞が関のビル群が見えてきて、なんか自然と都会が混在しとって面白いと思う」

「お店はどなたがされてるんですか?」

早紀が聞いた。

「今は祖母が一人でやっとるわ。伯母さんも一緒に住んどるけどね」

伯母のことは余計だったと思った瞬間にまたすかさず早紀が口を挟んだ。

「伯母さんってもしかして独身なんですか?」

やはり突っ込まれたなと思いつつ答えた。

「まぁね。バツイチってやつ。独り暮らしの祖母が心配なこともあるしで離婚した後、実家に戻って来たみたいやね。今は独身を謳歌しとるわ。ハハハッ」

僕は二本目のビールを飲み干した。

「さくら通りやったら『岩波ホール』あるやろ？　あそこよく行った。映画観るの好きでなぁ、東京におった頃は仕事も兼ねて年間二〇〇本くらいは観とったかなぁ。特にあのレトロな空間で楽しむのがいいんや。上映中のスクリーン光が薄暗い館内をぼんやり照らしてな、なんとも言えん哀愁が漂ってくるんや……。なんか調子に乗って喋ってもうた。悪いけど奏太のばぁちゃんの店は知らんなぁ」

上機嫌で話した後、喉の渇きを潤すためマスターは三本目のビールを飲み干した。

「学生の頃はミニシアター系のマニアックな映画もよく観たなぁ。でも今観たら感情移入する前に数分で寝てしまうと思う」

僕が言うとマスターが憐れむように言った。

「日本の宮仕え諸君は皆お疲れでたいへんやねー。そうやって感受性が乏しくなってそのまま老いていくんや。やだねー」

少なからず自分自身も感じているだけにすぐ言い返すことができなかった。苦笑いを浮かべながら皿に残っている豆苗を口に運び、食べ終えた後、僕は話し始めた。

「感性は年々鈍りつつあるとしても、この季節の桜には今でも毎年感動するし。俺物心ついた頃から桜好きやったしね。この季節が一番好きや」

すぐさま早紀も声を高くして言った。

「私も大好き桜！　丸いハートみたいな形の花びらも好きやし色も好き。一番は桜の生き様かな。一斉に咲き揃ったかと思ったら、すぐさま満足したかのように潔く散ってく感じ。舞い散る様まで感動するし。そんな桜に皆自分の人生シンクロさせて一喜一憂したり。昔からずっと人の身近にあって生活に根付いた花やったんやろね。桜は、人間たちが自分の姿に毎年感動しとるなんてわかっとるんかなぁ」

彼女はクリッとした目を大きくして桜に対する思いを僕らに話した。

ちょっと間を置きマスターが真顔で話し始めた。

「桜ってぇのは、まさに『永劫回帰』的な生き方をしとると俺は思うんや。春になれば花を咲かせ、初夏には散った後に葉を付け、秋になれば紅葉して葉を落とし、冬を耐え、そしてまた春に花を咲かせる。世の中に何が起ころうと、誰に言われるまでもなく、春夏秋冬このルーティンをただただ一生繰り返す」

「それってニーチェの哲学思想だっけか。詳しくは知らんけど高校の倫理社会で上っ面だけ習った気がするな」

僕が言うと早紀もすかさず喋った。

「私も知っとるよ！　選択科目で倫社取ったから」

「まぁ、本来ニーチェが言わんとすることと合致しとるかどうかわからんけどな。でもな、この虚しいまでの一生の繰り返しもやな、自分の生き方しだいでポジティブにもなるんだとよ」

マスターが滔々と話した後、僕が口を挟んだ。

「もしかして超人思想ってやつかな？」

マスターが答えた。

「そうそう、まぁそういったところかな。これもニーチェの受け売りやけどな。人生はまさに然り。終わりなき生き死にの繰り返しを明るく生きるも暗く生きるも自分しだい。自らが生きる価値を前向きに見出せば、自ずと好循環を繰り返してくってわけよ」

したり顔で誇らしげに語った後、急にニンマリし、続けて言った。

「ちょー語った後でなんやけど、やっぱ俺的には『輪廻転生』のほうがしっくりくるなあ。俺生まれ変わったらまた人間になりてぇなぁ。メッチャイイケメンになってモテまくってみたいわ」

「マスターは生まれ変わっても『ウンポコ』のマスターでいいし。私は鳥に生まれ変わってみたい。鳥になって、春になったらあちこちの桜の木に飛んで行って空からお花見楽しむー！」

酔いの回ったマスターは早紀の可愛らしい台詞を聞き、満面の笑みで彼女に言った。

「ハイハイ、早紀ちゃんは素直で可愛くて～惚れてまうやろーってかーガハハハッ」

やれやれといった顔で苦笑いしている早紀と酔っ払いマスターに今度は僕が語った。

「俺は次は桜の木やな。樹齢何百年なんてのもあって、そんなにコロコロ生まれ変わらんでもよさそうやし。毎年花咲かして、それ見てみんなが楽しんでくれたらそれでいいかなって思う」

「へぇ。欲のないやっちゃな。ちょっとカッコつけすぎやないか。それとも、もう満たされとるからあとは悟りを開く境地か」

馬券で儲け、さらに酔いが回ったせいなのか、普段の不愛想なマスターはどこへやら。ご機嫌でよく喋り、僕たちをなんやかんやとからかいながら、またビールをお代わりした。

自己紹介から始まりあれこれと談笑しているうちに三人とも小瓶のビールを一人三～四本ずつ空けていた。

「俺今日はそろそろ店戻るわ。先週も休んだしな、花見の二次会三次会も入ってくる頃やし、ここで稼がんとな。あんたらどうする？　二人とも桜そんなに好きやったら今見頃やし、犀川の桜でも観てきたら？」

　マスターはそう言って会計を済ませると、

「じゃあ、今度は店で飲んでやー」

　と言って、僕と早紀の礼の言葉を聞く間もなく、大きな身体を揺らしながら足早に店を出ていった。残された僕と早紀は顔を見合わせながらお互い苦笑していた。

「早紀ちゃんって呼んでいいんかな。なんか俺から誘うと下心あるみたいでなんやけど、ていうかないから言うけど、ちらっと花見して帰る？　別行動でお花見でも自分は一向に構わんよ」

　早紀は笑顔で答えた。

「もちろん行く。東京の話ももっと聞きたいし。それに瀬川さんってなんか飄々としとって、いやらしさを感じじんというか……」

「はいはいっ。よう言われるわ。それ。要するに安全パイってことやろ。これでも中身は普通のスケベなおっさんなんやけど、それはともかく行きますか」

　マスターが消えた後、僕らも店を後にし、そのまま犀川のほうへと向かった。時間は午後八時を回った頃だろうか、すっかり外は暗くなっていた。しばらく行くと、土手の桜並木が見えてきた。遠目からは満開の桜が街灯に照らされ、薄いピンクの花々だけが浮かんでいるように見えた。近くまで行き、しばらくの間それを観賞した。

その後僕らは酔い覚ましに川沿いの一本奥の通りにある喫茶店に入った。窓際にある小さな丸テーブルを挟んで向かい合った椅子に腰かけ、コーヒーを注文した。

「夜桜もいいけど昼間の桜のほうが好き。東京の桜はもう散っちゃった?」

早紀が僕の顔をまっすぐ見ながら聞いてきた。なんだか直視できずに目を窓のほうにやりながら答えた。

「そうやね。東京の開花は一週間くらい早いからな。金沢の桜もいいけど東京の桜も見どころ満載でいいよー。職場近くの日比谷公園や皇居周辺の北の丸公園、それになんといっても千鳥ヶ淵周辺。散った桜の美しさも堪能できる一押しのスポットなんや。花びらが水面のあちこちに集まっては離れて、いろんな形で浮かんどる。あっ、金沢の桜も古都の風情があって東京にはない良さがあると俺は思うよ。東京の桜は見に行ったことないん?」

僕の話をじっと見つめて聞いている早紀に質問した。

「実は東京行ったことない。ディズニーランドは二回あるけど。でもホントは東京で暮らしてみたいと思っとる」

　早紀は神妙な顔をして続けた。

「ちょっと怖いけどエネルギッシュで魅力的なところって感じがする。上京して三年で戻って来た友達なんかは、お金がないと辛くて寂しいところやよって。それでもやっぱり住んでみたい。いいも悪いも自分で体験しないと」

「なるほどね、じゃあ東京転勤とか出張できそうな会社に就職はどう？　それか今とりあえず思い切って上京してみるとか」

　僕の助言はどうも受け入れられなかったようで、早紀はさらに喋り続けた。

「お金稼ぐことだけ考えて、やりたくもない仕事して社員になっても私続かんと思う。豊かで安定した生活送るために働くのが当たり前の世の中なんにね。いろいろ迷いはあるけど自分に正直に生きとりたいし。なんちゃって。公務員の瀬川さんはピンとこんよね。何言っとるん、このねぇちゃんって感じ？　それと、私一人っ子で親のこととかいろいろと考えると、すぐには踏み切れんくて。でも、やると決めたら私は必ずやるし」

　話を終えると今度は早紀が窓の外を見た。

　僕はあえて早紀の「やりたいこと」を問わなかった。たぶん尋ねても答えることはないだろうし、話したいならこちらから聞かなくても早紀なら最初っから熱弁しているだろうと思った。

志は強くて明るい彼女だが、まだまだ自分に自信が持てずに、全力投球できないでいるもどかしさや葛藤で日々あえぎながら生きているのがわかる。かつて自分にも経験がある。大学生の頃、映画監督になりたいと本気で思ったことを思い出した。そんな夢も今はいずこ。

確かに安定した人生を送りたいというのは事実だ。生き方は多様化してきているけれど、やっぱり家族を持つと冒険するにはそれなりに覚悟がいる。

僕は幸い今の仕事にそれなりにやりがいを感じているし人間関係もさして辛くはない。しかし高倍率の採用試験を突破して入庁しても、人間関係や仕事上で自分の居場所がわからなくなり心を病んで辞めていく者も多い。早紀の考え方もわかる。本来なら自分に素直に生きるのがあるべき人間としての自然な姿なんだろう。

彼女は今時の若い女性ではあるが、すれた感じもすっ飛んだ感じもない。見た目のあどけなさとは裏腹に、自分の気持ちに葛藤しながらも素直に生きているたくましさを感じ、なかなか面白い子だと思った。

なんだかんだと一時間ほど雑談した後、僕らは喫茶店を出た。帰り際、早紀がある提案を持ちかけた。二人でお花見同好会を結成したいがどうかとのこと。趣旨としては、「純粋に桜を愛する者同士が心ゆくまで桜を堪能し、癒しと感動を享受できたことへの喜びを分かち合う」ということだった。

なぜ僕と？　と尋ねると、桜に対する気持ちに共感したことと、他人に干渉しない感じが好感持てたからだと言われた。とにかくいかがわしい付き合いではなく、あくまでも同好会の仲間として、という早紀らしいユニークな発想に乗せられて結局僕も賛同することにした。

お互いの連絡はラインでと早紀が言った。彼女はラインのネームが「小暮早紀」であることを妻帯者である僕に対して気兼ねしたのか、「お花見同好会」という名でライングループを作ってくれた。グループメンバーはもちろん僕と早紀の二名のみだ。

そしてその翌年、お花見同好会がスタートした。まず開花の早い東京で花見を楽しむために早紀が初めて上京した。彼女が平日に来ることになり、年度末の多忙な中を上司に頭を下げ、なんとか一日休みを取った。

当日早紀の到着予定時間に余裕を持って、東京駅の丸の内北改札口まで迎えに行った。

北口で待っていれば、彼女が間違えて八重洲口に出ても、すぐ近くの自由通路を通って迎えに行けると思い、僕が北口を指示した。

迷わずにちゃんと来られるか心配だったが、取り越し苦労だった。都会の喧騒と人波に最初は緊張の面持ちだった早紀だが、彼女はすぐに順応していた。

早紀は最初に会った時と同様、ペールブルーのレインコートを羽織っていた。その下には濃淡のあるオレンジとピンクのマドラスチェックのフレアスカートに白いカットソーという、春らしい装いだった。そのせいか童顔の彼女がより幼く見えた。

「なんか春らしくていいね」

そう言って早紀の服装を素直に褒めた。

「へぇ、瀬川さんでも女子にそんなこと言うんや。でも言いそうにない人に言われるとなんとなく嬉しいかな。そう言う瀬川さんこそ、私服の時のほうが若く見えるよ」

早紀が小首をちょっとかしげて笑みを見せた後、僕の格好を見て言い返した。

彼女のおべっかに、僕はジーンズのポケットにつっこんでいた手を片方出し、その手を恥ずかしそうに頭の後ろにやりながら答えた。

「えっ？　そ、そう？　じゃあオジサンも素直に喜ぶとするかな」

その日の僕といえばボタンダウンのダンガリーシャツにライトグレーのトレーナー、そしてデニムジーンズといたってノーマル。

　普段身に着けるものにこだわりは特にない。ＩＴやベンチャー企業ならともかく、そもそも月曜から金曜までをほぼ終日スーツで過ごすオフィス勤務労働者の僕にしてみれば、休みの日の格好に凝りたいとも思わない。それにお金をかけるくらいなら観たい映画や読みたい本に費やすほうが有益だと思っていた。

　ただジーンズだけはリーバイスの５０１と決めていた。決めているというより父の受け売りで自然と僕も穿くようになった。穿き心地が好きなのと、他のものをわざわざ試すのが面倒くさいからだ。無論ヴィンテージ品なんかではない。そんな僕でさえ、たとえお世辞だとしても若い女子に普段の格好を褒められるのは悪くないものだと思った。

　僕はさっそくお花見ガイド役として早紀を案内することになった。ガイドと言っても僕が案内できるのは、やはり普段通い慣れている皇居周辺ぐらいだった。だが東京のお花見としては申し分ない。

　一泊で帰るとのことで荷物も少なく、リュック一つだったので、それを僕が持ち、そのまま内堀通りに向かった。通りに入り、北の丸公園を目指して歩いていると、あちこちに咲いている満開の桜が、「ようこそ」と二人を迎え入れてくれているように見えた。

早紀は案の定大喜びで皇居周辺の桜を見て回った。北の丸公園の次に千鳥ヶ淵緑道を散策した。しばらく休んだ後、さらに内堀通りを反時計回りに歩き、霞が関のビル群を横目に都会のオアシス日比谷公園までと、上京初日とは思えないくらい歩き回り、はしゃいでいた。見聞きしたことを感じたまま素直に喜べる早紀のことを、無邪気で可愛いと思った。

日比谷公園に着く頃には午後二時を回っていたので園内にある老舗のレストランで遅いランチをとることにした。混んではいたが平日だったので思ったより早く席に着けた。

「ここたしか有名やったね？　名前聞いたことあるし。何食べよっかなぁ。ランチビールもいいね。ねっ瀬川さん飲もっ」

早紀は終始子供みたいだった。

食事を済ませた後、気が付くともう夕方五時すぎだった。明朝帰路につくため、夕食は部屋で軽くとり早めに寝たいとの早紀の意向で、そのままホテルまで送ることにした。場所は八重洲口を出た先にあるとのこと。大浴場があることが気に入ったらしい。そしてこの宿は早紀の定宿となり、結局僕は早紀の上京のたびに東京駅の自由通路を往来することになった。

そうやって年に二回、三月に早紀が東京へ、四月には僕が金沢に向かい、彼女と一緒に桜を楽しんだ。

僕が早紀を連れて行くのはいつも皇居周辺ばかりだったが、彼女は文句一つ言わずに毎回趣向を変えて楽しんだ。ある年には金沢から弁当を作って持参した。僕はワインを調達し北の丸公園の芝の上、満開の桜を見上げながら二人で美味しくいただいた。

金沢でのお花見では、兼六園周辺や犀川、浅野川の桜も良いが、郊外のお花見もどうかと、早紀が車で金沢駅まで迎えに来たことがあった。彼女が車を運転するなんて想像もしなかったのでちょっと驚いたが、達者なハンドル捌きで郊外の桜の名所を観て回った。

最初の目的地に到着し、早紀が駐車場に車を停めて僕が助手席から降りようとした時だった。彼女がグイッと僕の右腕を引っ張って引き止めた。驚いて早紀を見た。瞬間彼女の顔がすぐ目の前にあり、僕は思わず頬を紅潮させた。

「瀬川さんの髪に何か付いとるよ」

そう言って彼女が僕の髪に付いているその「何か」を取ってくれた。

「これ、桜の花びらじゃん。瀬川さん東京からそのまま付けてきたみたいや」

「えっ？　まさかぁ」

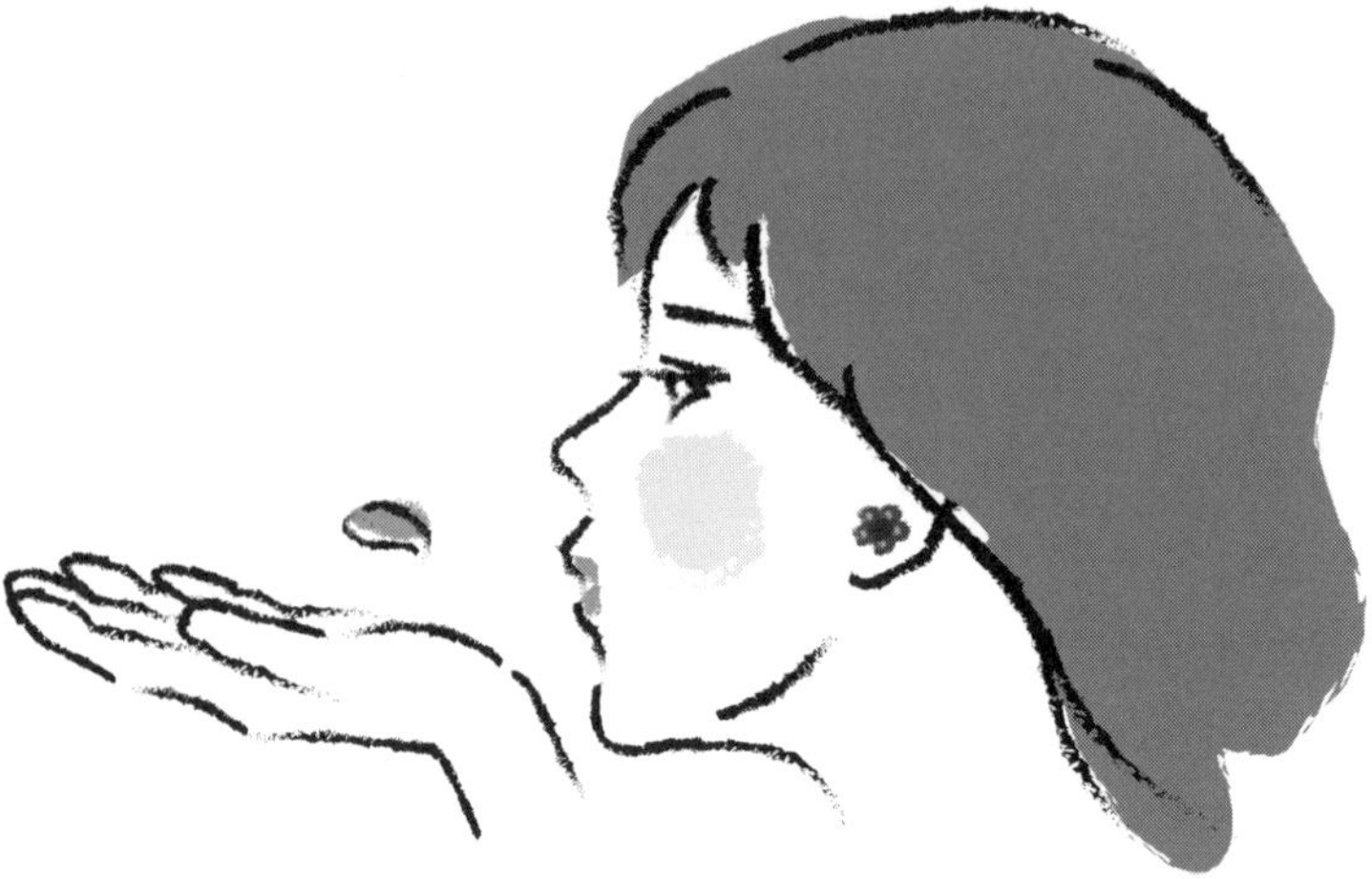

僕のいぶかる声に早紀が答えた。

「いいや、絶対東京の桜やよ。だって瀬川さん金沢駅出てからすぐに私の車に乗り込んだし、それに駅の構内に桜の木なんてないし」

早紀が続けて言った。

「たぶん一緒に金沢に来たかったんやわこの子。ようこそ金沢へ」

早紀は僕が運んできたと思われるその桜の花びらをそっと手のひらに載せ、優しく息を吹きかけた。すると花びらは春のそよ風に乗りそのままどこかへと消えていった。しばらくの間その行方を見つめていた早紀の横顔がなんとなく切なげだった。

それから郊外の桜を何ヵ所か見に行き、僕らは最後に樹木葬霊園のすぐ隣にある霧が丘公園に立ち寄った。ここは市街を一望できる有名なデートスポットだ。隣接する霊園には桜をはじめ、様々な木々が花を咲かせていた。それを見てふと僕は思った。自分も死んだら骨はこの丘の上に埋葬してもらおうと。

そして東京に来て五年目の春、僕は今回でお花見同好会を退会することに決めた。それを彼女に話さなければならなかった。

早紀は今年も桜の季節に僕の元へやって来たが、今回は珍しく夕方に来るとの連絡があり、僕たちは夕食をとってから夜桜見物に行くことにした。

東京駅丸の内口前にある日本郵便の大きな商業施設最上階に行き、眺めのいいレストランに入った。僕たちは心なしかいつもより早いペースでビールを飲み、いつものように和やかに食事をした。酔いが程よく回ったところで会計を済ませ、夜桜を観に例年通り内堀通りを歩き、北の丸公園に行った。そこから千鳥ヶ淵を二人で眺めた。初めて夜桜をここで観た。こんなに幻想的で美しいとは思わなかった。

「まだ乗ってなかった。あれ。今年はあれに乗りたい」

早紀は濠の乗降場に停留しているボートを指さした。彼女がボートに乗ろうと言ったのは初めてだった。

「わかった。明日一緒に乗ろ。今日は遅く着いたから明日はゆっくりして帰るんやろ？」

僕は早紀の顔を覗き込んで聞いた。彼女は僕の顔を見返しゆっくりと話した。

「瀬川さん、今回で同好会終わりにする？　たぶん来年は金沢に戻るよね」

やはり早紀も同じことを考えていた。さらに彼女が続けた。

「瀬川さんといると素直にいろんなこと話せて気持ちが楽でいられて、年に二回やったけど会う日が待ち遠しくて、気が付いたら……男性として好きになっとった。このままでは良くないと思って、今日で終わりにしようって決めて来た。最後に二つお願いがある」

早紀の言葉に僕が返した。

「お願いってさっきのボートのこと？」

早紀が答えた。

「一つはそう。もう一つは今夜、朝まで一緒に過ごしてほしいってこと」

僕は平静さを装いながらも、彼女の言葉で高鳴る胸の鼓動が聞こえそうなくらい気が動転していた。そして気持ちを必死に抑えながら静かに答えた。

「自分も同じ気持ちや。年に二回一緒にお花見してご飯食べて、ただそれだけやったけど、気が付いたら早紀ちゃんのこと女性として好きになってしまっとった。会うのが待ち遠しくてたまらんかった。で俺も悩んで考えた。お互いのためにもこれで最後にしよって」

そして本心とは裏腹な言葉を彼女に言った。

「早紀ちゃん、もう一つのお願いやけど、それは叶えてあげんほうがいいよ」

早紀は僕の目を見つめ、首を横に振りしっかりとした口調で言った。

「このまま帰ったら後悔する。私がこうと決めたら前しか見んこと、瀬川さんよく知っとるよね」

僕たちは少しの間、押し問答を繰り返した。がしかし最後は彼女の押しの強さに負けてしまい早紀の願いを受け入れた。結局僕自身も共に一夜を過ごしたいという欲望を打ち消すことができなかった。二人で早紀の定宿へと向かった。彼女はすでにダブルの部屋を取っていた。部屋に入りお互い上着をハンガーにかけ、何をするでもなく、やんわりベッドに腰を下ろした。しばらく沈黙が続き、僕は思い切って早紀の肩に手をかけ、彼女の身体を引き寄せた。すると早紀の緊張と胸の鼓動の速さが僕に伝わり、思わず彼女の唇に自分の唇を重ねた。深く長いキスをしていくうちにお互い抑えていた感情が一気に湧き出し、着ていた服を脱がせ合い、そのまま裸で抱き合い激しく求め合った。

翌朝早紀は僕が寝ている間にホテルの大浴場に入り、着々と出かける準備をしていた。途中目が覚め、僕はその様子をベッドから眺めていた。早紀は準備を終え、僕のところに来て軽くキスをした。このままベッドに引き込みたい気持ちを抑え、僕も身支度を整えた。

チェックアウトをし、さっそく千鳥ヶ淵へと向かい、ボートに乗った。水面には散った桜が着いては離れを繰り返し、いろんな形の花筏ができていた。その間を掻い潜りながら僕たちのボートはゆっくりと進んだ。

最初は慎重に向かい合って乗っていた二人だが、慣れてくると早紀が向きを変えてボートの中央に来て後ろから抱いてくれとせがんだ。僕もバランスをとるため中央に寄り、早紀を後ろから抱いた。そのまま恋人乗りでボートを漕ぎ、桜のトンネルを潜り抜け、早紀のスマホで初めて二人の写真を撮った。ＳＮＳには載せないから心配するなと彼女に冗談ぽく言われ思わず苦笑した。

その後、昼を軽く済ませ、東京駅の丸の内北改札口まで早紀を見送ることにした。最後の見送りだった。早紀は笑顔で僕に言った。

「いつか瀬川さんが暮らした街やお店にも行ってみたいと思っとる。もっと先やけどね。

今までほんとにありがとう」
そう言い残し、改札口に向かった。そして振り返ることなくそのまま改札を抜け、新幹線のホームへと向かっていった。どんどん小さくなっていくペールブルーのコート姿を見ているうちになんとも言えず切ない気持ちになった。あらためて早紀への強い想いに気付いた僕は、いつの間にか泣いていた。

そんな早紀との思い出を振り返りながら桜咲く金沢の街を歩き続け、ようやく我が家へたどり着き、中に入ると妻と息子が僕の遺影の前で手を合わせて座っていた。今日は僕の納骨式だった。僕の遺骨は遺言通り、樹木葬として今朝霊園の小高い丘に葬られ、そこに桜の苗木が植えられた。

お花見同好会を解散し早紀と別れたその年の冬、僕は体調を崩し都内の病院に入院した。風邪をこじらせたのだと思ったが、急性骨髄性白血病と診断された。これは天罰なのか。禁断の果実を食べてしまったアダムのように、超えてはならない早紀との関係を超えてしまった報いかと自分を責めたりもした。

金沢へ戻って治療を受けたかったのだが、病状からも転院はそう簡単ではないのと、たまたま入院先の病院に専門医がいたこともあり、そのまま都内の病院で治療を受けることにした。しかしながら容態は良くならず、骨髄移植も受けたが僕の場合、結果は芳しくなかった。僕は抗がん剤闘病で意識が朦朧とする中、愛する妻に遺言を兼ねた手紙を書いた。手紙はあえて手書きで書くことにした。手持ちのスマホやノートパソコンで書いて、USBメモリやSDカードで残すこともできたが、電子遺品になりそうなものは、すでにデータや追加したアプリをほとんど削除していて触る気になれなかった。

書き始めると、瀕死の僕にはペンを持つことさえ辛く感じ、筆の乱れがいささか恥ずかしかったが、かえってそのほうが遺書としてよりリアルな思いが伝わる気がした。肉筆はその時の心情を表す手段としてうってつけだと思った。

迷った末、早紀にも書くことにした。僕の死をいつしか知った時、なんとなくではあるが、神保町の伯母のところへ訪ねに来るかもしれないと思ったからだ。読んでもらえるとも限らない。にもかかわらず、死を前にしながらも変な期待がペンを走らせた。

伯母が見舞いに来た際にそれぞれの手紙を託した。伯母は同じ病から生還した有名人の名前を挙げ、励ましながらも渋々それらを受け取った。早紀への手紙については、いつか店に来るようなことがあれば、渡してもらうようお願いした。そして彼女が来ないうちに店を畳むようなことでもあれば、その手紙は好きに処分してくれるよう伝えた。伯母は早紀宛ての手紙をしばらくの間じっと見つめてから黙って受け取ってくれた。

僕は年明け二月の末、春の異動を前に、金沢に戻ることなくこの世を去った。

そうして今日僕は大切な妻と子供に会い、短いながらも今まで共に育んだ日々の礼と別れの挨拶をした。

その後僕は僕の遺骨が眠る桜の木へと向かった。そして愛しい者たちのために毎年桜を咲かすのだ。

第二章　ささやかなこの人生に

まだ寒さの残る二月後半のある日、聡にとって忘れることのできない衝撃的な出来事が起こった。

今年聡は大学卒業を迎えようとしていた。卒業後は専門分野の研究を続けたいと就職はせず大学院に進学することにした。

とりあえずは卒論を仕上げるため机に向かい、時には図書館や本屋に足しげく通う日々を送っていた。執筆はもちろんパソコンだし、ネットでいくらでも調べものはできるが、やはり信憑性の点からいっても参考文献は現物に限ると聡は思っていた。

幸いにも聡は「本の街」都内神保町にある古書店の部屋を間借りして下宿暮らしをしていた。なので書籍探しにはそう苦労することもなかった。

聡が下宿している古書店は、父方の祖母の実家で、今は離婚後に出戻った祖母の姉、要するに聡の大伯母が店を引き継いで一人でやっている。聡の父が生前、県庁職員として省庁に出向し単身赴任していた頃も、病に倒れ亡くなる間際までこの部屋を間借りしていた。

そんなこともあり、母が聡の下宿先としても間借りしたい旨を、店主である大伯母に頼んだ。父との思い出が希薄な聡に、生前の居場所を共有することで、少しでも父の人となりを感じられたらとの母なりの配慮だった。無論、女手一つでここまで育ててくれた母の意向に背くすべもなく、聡は四年間の大学生活をその古書店でお世話になっていた。

そんな忙しく充実した日々を送っていたある日、幼馴染の折原海人から久々に会わないかと連絡がきた。二人は地元の金沢で小中高と同じ学び舎で過ごし、部活動も野球部で共に切磋琢磨した仲だ。しかも違う学部だが大学まで一緒という聡にとって唯一無二の大切な友人だった。

海人とは小学校の学童野球チームで知り合った。そこは聡の父が子供の頃に所属していたチームだ。父親代わりとして何かと聡の面倒を見ていた祖父が勧めてくれたこともあり、小学四年生で入団した。聡は左利きでコントロールもなかなか良く、ピッチャーをすることになった。その時にキャッチャーをしていたのが海人だった。

海人は子供の頃から運動神経も良く、野球のセンスも群を抜いていた。群を抜いていたのはその容姿もだ。少年の頃から綺麗な顔立ちをしていた。目鼻立ちはハッキリしているがけっしてくどくもなく、そして甘すぎず。口元から顎にかけてのシュッとしたフェイスラインに、いつも憂いをおびた漆黒の瞳が東洋人としての美しさを醸し出していた。

中学で野球部に入った海人は、細身ながらも筋肉が盛り上がり、陽に焼けてたくましく見えた。髪は剃り上げて丸坊主だったが、逆にそれがいっそう彼の整った顔を際立たせた。見た目も良く運動も勉強もでき、黙っていてもひと際目立つ海人だが、部活以外はいたって穏やかで寡黙な人柄だった。出来の良さを鼻にかけることもなく、自分から進んで事を運ぶような出しゃばるタイプではなかった。

彼を妬ましく思う奴もいたが、海人はまったく気にすることはなかった。大勢でつるむこともなく常にマイペースだった。そしてそのクールさが周りの女子を魅了する所以だと聡は思っていた。学校の休み時間や登下校など、彼の傍を何かしら女子がたむろっている様子をよく見かけた。

聡は海人とバッテリーを組んで野球ができることがこの上なく嬉しかった。海人は聡の投げるどんな球も身体を張って必死に受け止めてくれた。ピンチの時もマウンドに駆け寄り聡を上手に励ました。配球の組み立て方も戦略的で、聡は彼のリードによく助けられた。

聡にとって海人は、全てにおいての心の拠りどころだったし、自慢の友人として誇りにも思っていた。彼と一緒にいられることがとても幸せだった。その反面、自分と海人を比較してしまうこともしばしばあり、自分は何一つ勝るものがないと思うと、そのたびに落ち込んだ。

当時野球のおかげで陽に焼けた体育会系男子に見えた聡だったが、元々は色白で、幼少の頃はよく女の子と間違えられた。身体の線も細く、筋トレでも続けていないとすぐ華奢な優男になってしまうのが悩みの種でもあった。顔立ちは聡もそれなりに整ってはいたが、顔のパーツはどちらかと言えばシンプルで、特に女子にモテるわけでもなく、友達扱いされる安全パイタイプだと自分自身納得していた。

聡が唯一海人に勝てそうなものと言えば学力ぐらいだろうと自負していた。と言っても二人とも成績はトントンで、科目によっては海人のほうが上だったりもした。お互い野球に時間を費やしながらも、なんとか文武両道を目標に、成績は上位のほうで競り合っていた。

ところが三年になり、部活も引退し受験を前にした秋頃、海人の成績が目に見えて下がり始めた。テストの上位成績者は校内に掲示され、いつも二人は常連だった。が、夏休み明け以降海人の名前を見なくなった。

聡は市内で一、二を競う進学校のＩ高校を目指していて、もちろん海人も一緒にＩ高校を目指していると思っていた。そしてまた二人でバッテリーを組んで野球をやりたかった。聡は居てもたってもいられなくなった。

クラスも違うし通う塾も異なる二人は、部活をやめてからなかなか話す機会もなくなり聡は焦っていた。ラインをしても、いまひとつまともな答えが返ってこない。聡はある時思い切って海人を下校時に待ち伏せし、成績の下がり始めた海人の真意を問いただすことにした。ちょうど海人がいつものように女子を侍らせ教室から出て来た時だった。聡が目の前にいることに気付いた海人は、大きな漆黒の瞳で凝視し自ら聡に声をかけた。

「おう、久しぶり、どしたん?」

「どしたんじゃねぇやろ」

聡は怒った口調で海人に言った後、

「ちょっとコイツに話あるし、悪いけど今日は俺と二人で帰らしてもらうわ」

そう一緒にいた女子に言って、海人の片腕をグイッと引っ張り、その場からかっさらうかのように連れ出し歩き始めた。

二人の通う中学校は街の大通りに面しており、その大通りをしばらくお互い黙ったまま歩いた。途中海人が家のほうへとコンビニの角を曲がった。聡も一緒についていこうとした。海人が面倒くさげに横目遣いで聡に話しかけた。

「なぁ、なんか用があってわざわざ俺に会いに来たんやろ？　黙ってないでさっさと用件喋れや」

海人の逆切れしたような態度に一瞬たじろぎながらも、聡は彼の真正面に立ち答えた。

「お前なんかあったんか？　成績下がってきとるやろ？」

「別に。なんとなくやる気が出んだけや。ただそれだけや。それに俺、親父の後継いで会社経営するつもりもないし。だから必死こいて上の学校行かんでも野球できるならN校でもS校でもいいんじゃね？　と思うし」

海人が不貞腐れたように言った。

海人の父は地元で不動産会社を経営していた。マンション経営からビル管理まで手広くこなす、県内でも有名な会社だった。海人の言葉を聞き、聡は彼の父を頭に浮かべていた。学童野球の頃から合宿や大会があると、いつもたくさんの差し入れを持ってきてくれた。気前が良くてダンディで、いつも笑顔だった。聡はそんな海人の父に、たびたび幼い頃亡くなった父の面影を投影して、感傷的になることもあった。

海人が続けて聡を睨んで言った。

「それに親でもないがに成績の良し悪しに口だすなや。お前に関係ないやろ」

「違う！　関係ある！」

間髪入れずに聡が叫んだ。

「なんで関係ないなんて言うんや。俺ら小学校の頃からずっと一緒に野球やってきたやんか。学童野球に入団したばっかで、なんも野球のことわからんかった俺にお前が最初っからいろいろ教えてくれて、サウスポーでコントロールいいしってピッチャーに推薦してくれて。そんでずっとバッテリー組んでやってきて……俺のどんな球もちゃんと取ってくれて……」

だんだん涙目になりながらも聡が続けた。

「俺、海人のおかげでほんとに楽しい野球生活送ってこれた。俺も高校で野球続ける。ほんでまだまだお前とバッテリー組んでやりたい。お前もそのつもりやとばっか思うとった。お前とI校で一緒に野球やりたいんや俺は。だから頼むし、やる気出してくれや。お前なら今からでも十分間に合うし」

海人が冷静な口調で答えた。

「お前よく考えてみ。もし二人めでたくI校に合格できたとしてもやなぁ」

海人が間を置き、空を見上げて話し続けた。

「だいたい高校で野球部に入ってくる奴らってよ、私立の名門じゃなくてもやぞ、ガキの頃から野球やっとるそれなりにうまい奴らばっかや。しかもI校は公立の進学校でも学力の偏差値に負けず劣らず野球も上位クラスや。そこに入部してくる奴らとしのぎ削ってお前と俺が都合よくバッテリー組んで公式戦に出られるとでも思っとるんか？　お前」

普段は寡黙な海人が珍しく懇々と聡に諭すよう話した。

「海人が一緒にI校で野球やるなら俺はどんな奴が来ようと絶対負けん。必ず頑張ってレギュラーになってお前とバッテリー組んで公式戦で投げてみせる」

聡はそう言うと、海人の両腕をしっかり掴み、背丈のそう変わらない彼の顔を真正面に見据えながらさらに強く訴えた。

「だから一緒にI校行って野球やろって！　海人と野球やりたいんやって！　俺には海人が必要なんやって。なぁカイトォー」

二人は顔を見合わせ沈黙した。聡は海人の大きくて美しい漆黒の瞳に、自分の情けない顔が映っているのをじっと見つめた。とその時海人が目を逸らして言った。

「痛ぇだろ、離せよ」

「あっ、ゴメン」

聡は海人の言葉で、彼の両腕をかなり強く掴んでいたことに気付き、慌ててその手を離した。海人は行く手を遮る聡をよけながら、帰宅方向に少し歩き始めた。

「海人？　なんとか言えよ～」

聡が泣きそうな声で呼びかけた後、海人は立ち止まり振り返って彼に言った。

「しゃーなしや。ワンチャン頑張ったるわ。聡のこと野球に巻き込んだんは俺やしな。言っとくけど俺が本気出したら首席で合格やからな。それに一年でレギュラーや」

海人は聡に向かって叫んだ。

「お前もせいぜい落ちんように励めや」

聡は安堵と喜びが一度に込み上げ、そして親指を立てた左手の拳を、海人に向けて突き出し叫んだ。

「おぅ！　そんなことお前に言われんでもようわかっとるわ。じゃあな」

夕日を背にした海人の姿は、逆光で表情がよくわからなかったが、聡にはなんとなく泣いているように見えた。

中学を卒業した二人は無事I高校に合格した。海人は公言通り首席で合格し、野球部入部後の秋には、一年生レギュラーとしてマスクを被って公式戦に臨んでいた。それに、礼儀正しく練習も真面目で、率先して道具運びや片付けをする海人を、妬む部員もいなかった。

中学の頃は海人を見かけると、何かと女子が周辺にいたが、まったくその気配はなく、とにかく野球三昧といった感じだった。

そんな海人になんとか追いつこうと聡も必死だった。朝晩の自主トレに、勉強そっちのけでテスト前でも投球練習に明け暮れた。食事や就寝時も片時もボールは離さなかった。おかげで聡も二年の春にはレギュラー入りし、念願叶って海人とバッテリーを組み、晴れて公式戦出場となった。

そして三年最後の夏の県大会は、名立たる私立の名門校を破りベスト4進出を果たした。何十年ぶりかの快挙に、準決勝当日は、全校挙げての応援に大盛り上がりだった。結果は残念ながら甲子園出場の期待を背にしながらも惜敗し、二人の野球生活は終わりを告げた。

そうこうしているうちに夏も終わり、いよいよ大学受験シーズン目前となった頃、二人も志望校を選定しなければならなかった。

野球で好成績を残した二人には、学校推薦でそこそこの大学に入学できる道もあった。が、二人ともそれに甘んずることなく一般受験をすることにしていた。とは言うものの、野球に重きを置いてきた高校生活、成績が良いはずがなかった。海人は首席で入学したのも束の間、ほとんどまともに勉強しておらず、得意科目以外はほぼ全滅だった。聡も然りで、結局お互い得意科目に絞って私大受験をすることにした。

二人とも大学では野球をやるつもりはなかったが、聡はやっぱり海人の志望校が気になった。できれば大学も同じ門をくぐりたいと思った聡は、校内で海人を見かけるたびにどこを受験するのかつついていた。そんなある時、海人のほうから聡に声をかけてきた。

「聡、お前性懲りもなく大学まで俺について来るつもりなんか」

「いいやん、ここまで来たら大学も一緒で」

聡が開き直ったように答えた。

「そしたら聡、ちょっと運試ししてみんか。俺らの縁がどこまで運命的に繋がっとるか試してみようぜ。お互い卒業式まで進学先を明かさんでおく。で、奇しくも同じ大学やったら今度は一緒に草野球でもするってのはどうや」

海人のその言葉に一瞬渋りながらも、「運試し」というなんだかワクワクする響きにそそられ、聡は結局彼の提案に同意した。

そして卒業式当日、式が終わった後、聡はさっそく海人を探した。程なく校門の裏手奥にある石碑の前で、女生徒に囲まれている海人を見つけた。登校最後の日ということもあり、海人の周りには同級生やら下級生、それに他校の女生徒までが群がって海人の制服のボタンを引きちぎっていた。

聡は少し離れたところでその様子を眺めていた。しばらくして海人が聡に気付き、女子たちをかき分けて聡のほうに来た。

「それにしても派手にやられたなぁ。ブレザーの金ボタンだけじゃないんか？　ワイシャツのボタンとかネクタイもか。さすがやなぁ。お前にはなんもかんもかなわんわ」

聡が海人に声をかけた後、海人が答えた。

「そういうお前もブレザーの金ボタン取れてるところあるやん」

聡のブレザーを指さし、海人は続けて言った。

「ボタンでいいならなんぼでもどうぞ、って感じ。俺自身は痛くも痒くもないし。それに時が経てば部屋の片隅に転がっとるかゴミ箱行きやろ」

聡は海人のなんだか冷めた言葉に、自分の知らない彼の内面を垣間見たような気がした。

「それはともかく、聡君はどちらの大学へ行かれるのでしょうか？」

海人が茶化したように聡に質問した。

「えっ？　俺から言うん？　仕方ねぇなぁ。おかげ様で無事第一志望のW大に決まりましたよ。で、海人君のほうはいかがでしょうか？」

今度は聡の問いかけに、海人が俯いてほくそ笑んだ。

「へっ？　何？　もしかしてお前もW大か？　そうなんやろ？」

聡の言葉に大きく頷いた海人を見て、聡は幼い子供のように両手を挙げ喜んだ。指に力が入り、握っていた卒業証書がひしゃげるくらい嬉しかった。


東京の大学に行くことになった二人は、それぞれ新しい住みかへと上京した。都内の桜が満開の頃、電車好きの聡は渋る海人を連れて荒川都電に乗った。一日乗車券を利用して、大学近くの始発駅から古き良き東京の名所巡りを一緒に楽しんだ。まさしく「東京さくらトラム」の名の通り神田川に架かる面影橋の辺りから荒川自然公園に至るまで、沿線に咲く桜を車内から一望することができ、心ゆくまでその様子を満喫した。

入学後はこれも聡が強引に海人を誘い、二人とも軟式野球サークルに入った。二年までは海人もサークルに毎回顔を出していたし定例の飲み会にも来ていたが、三年になった頃からあまり顔を出さなくなった。

聡は気が気ではなかった。海人と同じ学部の奴から聞いた話によると、講義やゼミには出席していて、試験もちゃんと受けているとのことだった。

たまにサークルや飲み会に来て仲間と一緒に過ごすこともあったが、その最中でも頬杖をつき、黙って遠くを見ている姿を目にすることが多かった。そして会が終わるとそそくさと帰ってしまった。

聡はそんな海人を見るたびに、彼が突然いなくなってしまうのではないかという焦燥感と不安な気持ちにさいなまれていった。結局海人の心配ではなく、彼に依存している自分自身への心配なのだということを、今更ながら自覚せざるを得ない聡だった。

海人はその頃から、ますます美しい青年になっていった。洋服も彼が着るものはなんとなくお洒落で品よく見えた。髪型は球児だった頃の坊主頭とは違い、くせ毛のような自然なパーマのショートヘアを明るい栗色に染めていた。流すように斜めに下ろした前髪からは眉が見え隠れし、その下の潤んだ黒い瞳が怪しいほどに魅惑的だった。

背丈は一七五センチ弱で特別高くはなかったが、街でモデルのスカウトからも幾度となく声をかけられていた。そうしてどんどん垢ぬけていく海人の行く先々で、相変わらず遠巻きに騒いでいる女子を見かけるが、誰かとの交際話は耳にしたことがなかった。何人かの女子が交際を申し込んだらしいが、

「他に好きな人がいるから」

との理由でいずれも丁重に断られていたようだ。

振られた女子たちの腹いせなのか、海人には、お高くとまったプレイボーイというレッテルがいつの間にか貼られてしまっていた。

海人が孤独になっていく傍ら、聡にはようやく彼女ができた。高校の頃なんとなく一緒に登下校したりした女子はいたが、まともな付き合いはこれが初めてだった。

同期で同じ野球サークルのマネージャー深山加奈子だ。小柄であどけない顔に、ちょっと鼻にかかった甘い声のチャーミングな女性だった。一見か弱そうに見えるが性格はおおざっぱでサバサバしていた。しかも情に厚く親分肌という、見た目と違う感じが男女問わず好かれる所以か、キャンパス内でしだいに人気者になっていった。

小、中学校と野球経験者の加奈子はあえて有名な野球部ではなく、軟式野球サークルの

マネージャーに志願した。軟式野球なら自分も試合に出してもらえるかも、と思ったらしい。確かに経験の浅い男子より、遥かに彼女のほうがうまかった。そして彼女の目論見通り、試合にはちょくちょく出させてもらっていた。ポニーテールの髪を揺らしながら、セカンドで軽やかにボールを捌き、ダブルプレーもお手のものだった。打席に入れば、女子だからと舐めたボールを投げてきたピッチャーから、センター越えの三塁打を放ち、冷やかしで観に来た男子たちを沸かせる一幕もあった。

付き合うことになったきっかけは一年の夏休み、サークルでの合宿前のこと。二人ともくじ引きで合宿用食料の買い出し係になった。他に数人いたのだが、何度か二人きりで買い出しに行くことがあり、そうこうしているうちにお互い惹かれ合って、合宿後には交際が始まっていた。

聡は学内でも人気の彼女と付き合うことになり有頂天だった。二人で旅行にも行った。そして聡の初体験も加奈子だった。彼女のアパートにもよく泊まった。が、そんな蜜月の日々は三年の冬に終わりを告げた。加奈子から別れを切り出された。理由をしつこく聞くと、聡を嫌いになったわけでなく、もっと気になる人ができてしまったとのこと。その人には他に好きな人がいて、想いを成就させることはないが、今の自分の気持ちに正直でいたいと、聡との別れを決めたと告げられた。

聡はしばらく失意のどん底だったが、海人やサークル仲間に慰められ、根っからの立ち直りの良さで半月もしないうちに合コンで彼女探しを始めていた。

加奈子は四年になるとサークルをやめてしまった。教育学部の彼女は教員試験に向けて勉学に力を入れたいからとのことだったが真相は定かではない。風の噂で無事合格し、春から都内の小学校に新任予定だと聞いた。


そうして気付けば入学から四年の月日が経とうとしていた。新年早々卒論の準備に忙しく、聡もサークル活動に終止符を打った。そしていつの間にか海人ともまったくの音信不通になった。黙々と一人卒論を仕上げる日々の中、ちょうど人恋しくなってきたところへ、珍しくあの海人から連絡がきたのだ。

いつも何かしら連絡する時は聡からだった。しかもお互い卒論などで忙しい最中、向こうから誘ってくるなんて、聡は心が躍った。

待ち合わせ場所をJR新宿駅南口改札前にした。二人とも普段からこの改札をよく利用するとのことでそうなった。聡にとって新宿駅南口は、東京の玄関口でもある。帰省のたびにこの改札を抜け、向かいの「バスタ新宿」へ向かう。「バスタ新宿」は国道二〇号線旧甲州街道を挟んで南口の真向かいにある。全国から東京へ向かう高速長距離バスが一堂に集まり、そして出ていく巨大ターミナルだ。

高校を卒業して最初の上京時には、大好きな北陸新幹線に乗車した。あまりの嬉しさに、東京駅まで幼児のように正座で車窓にかぶりついていた記憶がある。ただ質素倹約を前提とした大学生活では、帰省のたびに新幹線利用は難しく、聡は現在に至るまで高速バスユーザーだ。

高速バスへの乗降は、実は東京駅八重洲口からのほうが聡の下宿先に近い。ただ東京駅まで行きながら、好きな新幹線に乗れずバスに乗らざるを得ないことが、聡にとってはいささか寂しかった。そこで聡は考え、あえて新宿のターミナルで乗降することにした。仕方なくではなく、自ら高速バスの旅を楽しむことにしたからだ。

この巨大なターミナル内では鉄道のプラットホーム同様、いろんな種類の大型バスが整然と並んで待機していて、それらが次から次へと離発着していく。好きな電車ではないけれど、聡はその様を眺めるのを楽しんだ。

海人との待ち合わせ当日、聡はいつものように南口の改札を出た。約束の時間は夕方の五時だった。少し早めに着いた聡は、改札口前にある大きな柱に寄りかかり、しばらく目の前の様子を眺めていた。

通りにはストリートミュージシャンが自前のスタンドマイクを前にギター演奏しながらマイペースで歌っていた。何人かが足を止めて、聴いてはまた去っていった。

その歌っている彼のすぐ横には、新宿駅南口と「バスタ新宿」を繋ぐ、大きな横断歩道があり、聡はそれが綺麗に塗り直されていたことに気付いた。その横断歩道を相変わらずスーツケースを引いた若者や、荷物を背負った年配の男女が行き交っていた。聡も同じように何度ここを往復したことだろうか。そしてまだどれだけここを通るのだろうと考えながらその風景を見ていると、向こう側から白いダウンコートの海人が颯爽と歩いてくるのを見つけた。

彼も聡を見つけると、片手を挙げて走り寄って来た。海人が目の前に来るや否や、嬉しさのあまり高揚した声で聡が言った。

「久しぶりやなぁ。生きとったか?」

「おう、なんとかな」

「相変わらずイケメンやなお前」

聡はそう言った後、久しぶりに見る海人の顔をじっくり眺め、彼の髪を触った。触った後、海人の襟足あたりから、柑橘系とムスク系が混ざったような少し甘くて爽やかな香りがほのかにした。

「へぇーこれってやっぱパーマかかっとるん？　ピアスっていつからしとったっけ？　このピアス本物のダイヤか？」

矢継ぎ早に喋ってくる聡に、少々不貞腐れて海人が答えた。

「お前のようにいい具合のくせ毛ならパーマなんかかけんでもいいんやけどな。悪かったなパーマで。ピアスはずいぶん前からや。お前が今まで気付かんかっただけ」

「そんな怒らんでもいいやん。それにお前ちゃんと卒論仕上げとったんか？　筋トレばっかしとったんじゃないやろな」

「卒論は仕上がった。筋トレする時間ぐらい作れるやろ。気分転換になるし筋トレ中は余計なこと考えんでいいしな」

聡は、海人が大学に入ってからずっと今でも筋トレを続けていることは、彼と同じスポーツジムに通っているサークル仲間から聞いて知っていた。

「俺なんかサークルやめてからなんもしてないし、へなちょこ男子や。お前に指一本で倒されてしまいそうや」

ヘラヘラ笑っている聡に海人が言った。

「いっつも何かしら楽しそうやなぁお前は。それはともかく今日は俺んちで飯食おうぜ。一か月くらい早いけど聡の誕生日祝いや。俺の手料理ご馳走してやるわ」

聡はさらにヘラヘラして大喜びで叫んだ。

「うぇ〜い！　やったー！」

「そういえば俺、海人ん家、一人で入るの初めてかもしれん」

真顔に戻って聡が言うと、

「お前に限ったことじゃない。自宅には滅多に人は入れん。今日は特別や」

海人は聡にそう言ってニヤッと笑った。

海人は二年の頃からとあるバーでアルバイトを始め、元料理人の店主から料理の手ほどきを受け、かなりの腕前だった。自宅にあまり人を入れたがらない海人だが、一、二度サークル仲間で彼のマンションに行ったことがある。その時にいろいろとレパートリーを披露してもらったことがあり、どれもレストランで食べるくらい美味しかったことを聡は

しっかり覚えていた。
　二人は南改札口を抜け、中央線で海人のマンションがある中野へと向かった。中野駅に着くと北口の改札を出て中野通りをまっすぐ歩きだした。道中、聡のたわいもない話に海人が「ふ〜ん」「へぇ〜」と合の手を入れることを何度か繰り返しながら歩いていると、北野神社手前の交差点に出た。そこを左に曲がりしばらく行くと、海人の住む七階建てのマンションが見えてきた。
　中野のマンションは、不動産業を営む海人の父が以前から所有していたものだ。築二〇年の中古だが、海人が住む前に室内は水回りを含め全て綺麗に改装された。１ＬＤＫで対面式キッチンに繋がるリビングは一二畳もある。

エントランスを通りエレベーターで最上階の海人の部屋へと向かった。聡は部屋に入るや否や、着ていたベージュ色のステンカラーコートを床に脱ぎ捨てた。そして我が家のように勝手にソファーに深々と腰を下ろし、ふんぞり返って天を仰いだ。ベッドのように大きくゆったりとしたソファーは、中に細かなビーズが入っていて、身体が沈み込んでぴったりフィットした。

「やっぱいいよなぁ。俺もこんな生活送ってみたいけど、そういうわけにはいかんしなぁ」

「じゃあ住むか？　ここ」

「えっ？　お前とここで住むってこと？」

聡の問いに、海人は自分のダウンコートと聡のコートを玄関横のハンガーラックにかけながら答えた。

「いや、そうじゃなくて、実は俺卒業したらフランスに留学するげん。ここにはもう戻らん。だからこの部屋空くし良かったらと思って。住むんなら親父に頼んでみるし。家賃のことなら心配せんでもいいよ。たぶん払わんでも大丈夫やと思う。聡に住んでもらうって言ったら二つ返事でＯＫするやろ」

「えっ～。フランス留学？　俺そんなこと全然聞いてねぇし。いつ決めたんや。こんな直前に言われてもメッチャ困るしー」

ソファーから身を起こし動揺している聡を横目で見ながら、海人はおもむろに夕食の準備を始めた。ウエイターのような長い黒の腰巻きエプロンを、一度叩いてから手慣れた感じで腰に巻いた。

「下ごしらえはほとんど済んどるし、三〇分くらい待てば食えるぞ。詳しい話は飯食ってからじっくりしてやるからお前はこれでも飲んで待っとれや」

そう言いながら海人は冷蔵庫から一本のワインを取り出した。それを氷が入ったワインクーラーに無造作に突っ込み、ソファーの前にある透明な座卓テーブルに置いた。

「お客様のために入手いたしました特別なワインでございます」

と海人が言うと、ワインを取り出し、聡にラベルを見せながら続けた。

「こちらはお客様がお生まれになった年に作られたワインでございます。飲み頃に冷えておりますのでどうぞ召し上がれ」

そう言って海人はコルクを引き抜きワイングラスにワインを注いだ。

「え～。なんかメッチャ感動するげんけど。高かったやろ～。わりぃなぁ～」

そう言ってワインが注がれたグラスを手に持ち、子供のように喜ぶ聡に海人が言った。

「バイト先のママが探してくれて、安く譲ってもらった。ヴィンテージワインって飲みやすくないのもあるし、アルコール度数も割と高めやからな、じっくり味わって飲めや」

海人は酒の肴にとチーズの盛り合わせと、サーモンマリネを和えたサラダをテーブルに置いた。ついでに自分のグラスにもワインを注いだ後、キッチンに戻り、それを口にしながら調理を始めた。

聡はソファーに座り、ワインをちびちび飲みながら、キッチンに立つ海人にあれやこれやと語りだした。

「俺、帝王切開で生まれてん。産科の先生が三月二七日にしようって。一週間ずれとったら学年違うし海人と出会っとらんかった。そう考えると何か運命感じるわ～。そんでよー、帝王切開やったから退院も遅くて、父さんが車で迎えに来た時は金沢じゃ桜が満開で、桜好きの父さんがわざわざ遠回りして名所巡りして帰ったって、母さんから聞いてん。だから俺も桜は好きねん」

そう語りながら上機嫌な聡はいつの間にかワインを半分近く空けていた。調理をしている海人がキッチンから聡に反論した。

「俺、桜はあんま好きじゃない。咲いとる時はチヤホヤされて、散ってしまえば見向きもされん。桜の季節はいっつも切ない気分になる。そもそも桜が花を咲かす本来の目的は人を喜ばすことじゃないしな。鳥や虫たちに恩恵を与え自然の摂理を保つことやしな」

生真面目に応える海人に、聡は少しムッとしながら応えた。

「俺はただ純粋に綺麗な桜が好きなだけやし。まぁ桜にしたら俺らがどう思おうがそんなことお構いなしに毎年咲いて散ってを繰り返すんやろうけど。でもやっぱ桜だって綺麗やって褒められれば嬉しいやろ」

「確かにそうかもしれんな」

海人の一言で一旦会話が途切れた。聡は料理ができるまでの間、海人の部屋を見渡していた。よく見ると梱包済みの段ボールがあちこちに点在していた。引っ越し作業はすでにほとんど終えているようだった。玄関横のハンガーラックに目が留まった聡は、自分の脱ぎ捨てたコートを、海人が掛けてくれたことを思い出し気恥ずかしくなった。ラックには自分のよれっとしたコートの横に、海人の白くて綺麗なダウンコートも掛かっていた。聡はソファーに深く沈んだ自分の身体を起こして立ち上がり、ハンガーラックの近くに来た。

「これモンクレールやろ。こんな高価なもんよく買えたな。いくら金持ちのボンやからって、親に買ってもらうことはお前ならしんやろうしな。まさかメッチャやばいことして稼いどるんじゃないやろな」

聡の問いかけに海人が手際よく調理をしながら答えた。

「ああ、それはもらいもん。新しく見えるけど、結構古い」

「へぇ、そんな高価な物くれる金持ちのお友達おるんや。まぁ海人なら何着ても様になるからな。俺なんてほとんど父さんのお古や、っていうか遺品。このコートも。一応バーバリー。中のライナーはどっかいってしまってないし。このジーパンもお古。父さんと体型似とるし、それに家計助かるから着なさいって母さんに言われてしゃーなし」

しょげる聡に海人が諭すように言った。

「何言っとる、お前のジーパン、リーバイスの５０１やぞ。聡の親父さんのが、世間で価値があるかどうかは俺にはわからん。わからんけど、お前にとっては唯一のヴィンテージやろ。そうやって、いいもんは継承されていくんや。大事に穿けよ」

海人の言葉に気を良くした聡は、踵を返すとまたソファーに座り、ワインを飲み始めた。

海人は予定通り三〇分を程よくすぎた頃、出来上がった料理を持ってきた。

「お待たせ」

小ぶりの土鍋に入った和風のブイヤベース、それとエビとエリンギのアヒージョがテーブルに置かれた。

「どちらも熱々やし気ぃつけや。今ピザも焼いとるし。とりあえず食うか」

海人はそう言って聡の隣にゆったりと座ると、すでに半分以上空いたワインの残りを、二人のグラスに注いだ。

「お前すごいな！　これ全部自分で作ったん？　それに俺の好きなものばっか。ではお言葉に甘えてゴチになりまーす！」

乾杯した後、すでにほろ酔い気分の聡はさっそくテーブルの上の料理に手をつけ始めた。聡は「美味い」を連発しながら海人の手料理を子供のように頬張った。

酒に強い二人は、来る途中で買った二本目のワインも程なく空けてしまった。それではと海人は手持ちのウォッカを炭酸で割り、凍らせた八つ切りレモンを入れサワーを作った。

焼き立てのピザも食べ終え、海人が鍋や空いた皿を片付けていた。聡はサワーを飲みながらキッチンの彼に語りだした。

「ほんとに美味かった〜。海人の奥さんになる人いいよな〜。旦那もこれだけ料理できたら助かるよな。俺なんて全然や。加奈子と付き合っとる頃よく言われたわ、男子も料理できて当たり前の時代だよって」

海人はキッチンで洗い物をしながら黙って聡のお喋りを聞いていた。一通り片付けた海人はエプロンを外し、追加の氷とオレンジジュースを持ってソファーに戻って来た。

「ウォッカをオレンジジュースで割るとスクリュードライバーっていうカクテルになる。オレンジの香りと甘さですごく飲みやすいげん。だから飲みすぎて後でたいへんなことになったりする。元々は現場のアメリカ人労働者が疲れを癒すために飲んだんやって。手持ちのドライバーで混ぜて作ったのが名前の由来や」

海人はカクテルのうんちくを語りながら新しく用意したロンググラスに二人分のカクテルを作った。

座っている二人の身体は、ソファーの中の細かなビーズのせいで、深く沈み込んでいた。聡は美味い料理を堪能し、満足げな顔で仰向けに倒れ込んでいた。海人は背筋を伸ばし、膝の上で支えるようにして、カクテルの入ったグラスを両手で持った。

「では本題に入るとするか」

海人がおもむろに口を開いた。

「そうそう待ってました！　そのフランスに留学するっていつ決めたん？　っていうかいつから考えとったん？　決める前になんで俺に話してくれんかったん？」

聡の問いかけに海人が答えた。

「じゃあ聞くけど、俺がお前に野球以外に、今までなにがしか相談したり助けを求めたりしたことあるか？　たぶんない。だから今回もお前にわざわざ話す必要もないと思った。それに何より俺の人生は俺自身で決めるし」

聡は海人の強い言葉にハッとした。確かにそうだった。野球以外の海人のことを何も知らない自分に、ハタと気付き、しゅんとして呟くように言った。

「そうやな。今の言葉身に染みた。ごめん」

聡は身体を起こして座り直し、ソファーの上で膝を抱え込んで話を続けた。

「海人は俺の好みとか苦手なものとか、悩みごととか、何でも知っとるのに、俺は野球以外で海人のこと、何も知らんのやって。無二の親友って言っておきながら、今まで自分のことばっかで、お前のこと聞きもしんかったんやって、あらためて気付かされた」

海人は持っているカクテルを一口飲んだ。

「留学のことは、大学の関係者や家族以外、今話したお前と加奈ちゃん、あとバイト先の数人しか知らん」

「加奈子も知っとるってことは二人付き合っとるん？　それならそれでいいげん。俺に気遣いする必要ないし。海人なら俺諦めつくし」

「加奈ちゃんとは付き合っとらん」

海人はカクテルを飲み干し、自分の分を作りながら続けた。

「とにかく今日は、お前に留学のことも含めて話しておきたいことがあってこの部屋に呼んだ。ちょっと早いけど、聡の誕生日も祝ってやりたかったってのもあるし。卒業式の後、すぐ向こうに行くし。その前にちゃんと話しておきたかったんや。留学期間終えてもそのままフランスに移住しようと思っとる」

「え～そうなん？　もう会えんと思うとやっぱ辛い、俺」

抱えた膝に顎を乗せ、意気消沈した聡の横で、海人は緊張の面持ちで話し始めた。

「とにかく今から話すこと、しっかり最後まで聞いてほしい」

聡は黙って頷いた。沈黙が続き、海人が口を開いた。

「三年になってからやったかな、加奈ちゃんフランス留学の経験あるし、いろいろ聞きたくて、実は二人で何回か会ったことあるげん。まだお前の彼女やった時に二人で会うとったことは悪かったと思っとる。加奈ちゃんには聡に留学のことは内緒にしてくれって頼んだ。俺は加奈ちゃんのことは好きや。でもそれは大切な友人としてで、恋愛感情はない。彼女、姉貴に似とるんやって、性格が。分け隔てなく誰にでも同じように接するところとか、さっぱりしとって物おじせんところも。だから自然と心を許せた。同志みたいな感じやな。加奈ちゃんがお前と別れてからしばらく後やったと思う。一度だけ彼女一人でこの部屋に来たことがあってん。そん時話の流れでつい喋っちまった」

聡は膝から顎を外し、顔を上げて海人のほうを見て聞いた。

「喋ったって、何を？」

海人がチラッと聡を見てからゆっくり顔を正面に戻した。

「俺が同性愛者やってこと」

一瞬間を置き、聡は抱えていた足を下ろすと驚いたように海人の顔を見た。

「マジか。どっきりカメラじゃねぇよな」

聡はそう言うと、自分が海人にハメられているのではないかと辺りをキョロキョロ見まわした。が、どうもそうでないとわかると、真顔でテーブルの上のグラスを手に持ち、海人が作ったカクテルを一気に半分以上空けた。

海人が聡に問いかけた。

「今まで全然気付かんかったんか？　野球以外はあえて距離置くようにしとったからな。幸いクラスも一緒になったことないし。それでも長年傍で見とったらなんとなく感じんかったんか？」

「なわけねぇやろが。気付いとったらすぐ問いただしとるわ」

聡が大きな声で即答した。

「でも彼女は気付いとった。なんとなくそうじゃないかって。女の勘って鋭いな。加奈ちゃん、それでも俺のこと好きになってしまっとったって。後悔は絶対せんから、女子と寝たことないなら自分と試してみんかって。今日はその覚悟で来たって」

海人の次から次へと発する衝撃的な言葉に、聡はただただ唖然とするばかりで言葉が出なかった。そんな聡が声を振り絞って海人に聞いた。

「試すって加奈子とやったんか？」

「聞きたいか」

「聞きたいような、聞きたくないような」

俯いて悶々とする聡を見て海人が言った。

「してねえし。って言うかできんかった。加奈ちゃんにはほんとに悪かったと思っとる。どんな美形の女子をもってしても、俺には性の対象にならんからな」

「加奈子の裸、見たんか」

「悪い、見た。綺麗やな彼女は」

「羨ましい」

「はぁ?　そこかーっ」

「結局加奈ちゃんとはその夜一晩中飲み明かした。彼女、酒強いんやな。俺と聡の小さい頃からの話聞かせてほしいって言われて何か夢中で喋ったような気がする」

「加奈子が海人のことわかっとって好きになったんやと思うとなんか切ないな」

しょんぼりしながら手に持ったグラスを見つめている聡に海人がボソッと言った。

「俺だって一緒や」

海人は自分の作ったスクリュードライバーを飲みながら語り始めた。

「俺が初めてその兆候を感じたんは、お前と初めて会った時やった。小学四年の春やったな。自分たちの野球チームに新しく入団する子いるから面倒みてくれって監督に頼まれたんや。そしたらジュニアキャプテンやった俺の前に聡が現れてん。笑顔で挨拶する聡見て、なんか自分でも訳の分からん衝動にかられたんやって。心臓がドキドキして、あんな気持ち初めてやった。それが何なのか、当時はまだわからんかった。それから聡とバッテリー組みたくて一生懸命、初心者の聡に野球のノウハウ教えた」

「確かにあん時の海人のおかげで俺の野球人生があるって言っても過言じゃないと思う」

聡の言葉に反応せずに海人は続けた。

「中学に入って自分が他の男子と違うってことが歴然とわかってきてん。女の裸の写真とか男と女がやっとるアダルト動画見ても性欲が湧かんげん。要するに勃起しないんや」

聡が黙っていられず、口を挟んだ。

「勃起って露骨に言うなや。でもお前、中学校の頃、女子とよく一緒にいたやろ」

「あれは女子が勝手に寄って来ただけや。俺から付き合おうとか言ったことないし。何もしてない。ただ一緒にいただけや」

聡がまた口を開き、ふざけたように言った。

「へぇ～シレーッとモテ男の自慢かよ」

海人が反論して続けた。

「なんとでも言え。事実だから他に言いようがない。手も握らんし何にもせんから、そのうち向こうから去っていった。そしたら次の女子が来てまた去ってての繰り返し。でも俺にとって体のいいカムフラージュになったんや。女子と一緒にいれば、そこら辺の男子と同じ。誰も俺を疑うことはないしな。

それにその頃はまだ俺自身認めたくなかったし。自分が同性愛者やってこと。でもな、身体は正直に反応するげん。合宿で風呂入る時なんか地獄やった。自然と他の奴らの裸に目が行く。そうするとなんかムラムラッときてあそこが反応し始める。とにかくタオルで前隠して俯いたまま一心不乱に身体洗った。そんで着替えて風呂場から逃げるように去った。試合で勝ったときも、なるべく平静を装っとった。仲間とハグし合うんが恐かってん。俺が同性愛者やってバレちまうんじゃないかって」

淡々と話す海人の横で、聡はソファーに座りながらまた両足を抱え、顔を膝に埋めた。

さらに海人が続けた。

「中三になって部活やめてから途方に暮れてな。俺はこれからどうすればいいんやろうって。ネットで同性愛者のこと調べたり、ＳＮＳで同じ境遇の奴探すことも考えたんや。けど、どうしても自分のこと認めたくなかってん。もしかしたら思春期の一時だけで、大人になったらノーマルな性生活できるかもって。高校に入るまでずっとそう思うとった。

聡とI高入って一緒に野球したいと思う自分と、これ以上傷つきたくない、今のうちにお前と離れたほうがいいって思う自分もいて、悶々としとった」

海人の言葉に聡は膝に埋めていた顔を上げ、質問した。

「なんで俺と一緒やと傷つくん?」

海人は聡の顔を見て呆れたように言った。

「お前、ほんとに鈍感やな」

海人はカクテルを一口飲み、続けた。

「ずっとお前のことが好きやったんや。その、友情とかじゃなくて恋愛対象として。初めて会った時に感じたあの感情が人を恋する気持ちやって中学になってやっとわかった。聡は俺のこと子供の頃からすごく頼りにしてくれたし信頼してくれとった。でもだからって俺とお前が恋人同士になるなんて絶対ありえん」

聡も黙ってグラスに残っていたカクテルを飲んだ。海人は話を続けた。

「正直お前が俺を頼りにしてくれるんは嬉しかった。嬉しい反面、居たたまれんようになったんも事実や。そしていずれ聡にも彼女ができる。それを見て嫉妬する自分も嫌だし、こんなしんどい想いから逃れたいと思った。いろいろ考えて高校受験は聡と別の高校受けようって決めた。そのうち受験勉強に身が入らんくなった。だんだん成績も下がり始めて……。そしたら案の定、お前、一緒にI校で野球やりたいってわざわざ俺んとこまで懇願しに来やがった」

　聡が海人を見て言った。

「中三の秋から成績下がったんってそういうことやったん？　でもお前、待ち伏せして一緒に帰った時は別の言い訳しとったやん。I校一緒に入れても、精鋭の中でしのぎ削ってバッテリー組めるかわからんって。だから無理してまでI校行かんって。海人に言われて確かに俺も一理あるって思ったもんな。でもあん時の俺の決心は固かったんや。どうしても海人と野球続けたかったし。だから何としても海人にI校目指して頑張ってもらおうって必死に説得した覚えがある」

　言い終わった聡は一点を見つめた。

　海人が手に持ったグラスを見つめながらほくそ笑んで静かに言った。

「そうやったよな。お前、俺の両腕すげぇ力で握って、メッチャ顔近づけて俺のこと説得してくれたもんな。聡の一生懸命さがすげぇ嬉しかったし。あん時俺、思わず抱きしめそうになった、お前のこと。けど必死に堪えた」

「そ、そうやったんや。俺ってやっぱ鈍感なんやな。全然気付かんかった。なんかスマン」

聡は首を竦めて恐縮そうに言った。

「まぁな。でも俺、聡のそういうところも好きねん。で、結局おかげで俺の決意はもろくも崩れ去った。もう出たとこ勝負やと思った。高校一緒になったらなったで、そん時気持ちのやり場考えようって」

そう言い終えると、今度は海人が天を仰いで一点を見つめ、続けた。

「幸か不幸か二人一緒にI校入ることになって、実際入ってみたら俺が思うとったより悩まなんで済んだ。朝から晩まで野球漬けやったしな。正捕手になるために必死やったから余計なこと考える暇なかった。だから逆に中学の時より楽しかった。たまに女子に告られても、野球頑張りたいからって言い訳できたし。何よりも聡とバッテリー組んで甲子園目指せたことが俺には最高やった。

野球やっとる時だけは、お前ともチームの奴らとも心から楽しめたし。試合は全員野球やったけど、俺にとっては唯一、二人だけの時間に思えた。マウンドに立つお前と、ホームを守る俺。俺とお前の間をボールが繋ぐ。だから必死に守った。聡の投げるボールはどんなくそボールでも絶対取ってやると思うとった」

二人はしばらくソファーに深く座り込んだまま、黙っていたが、聡が口を開いた。

「俺、トイレ行ってくるわ」

聡が戻って来た後、海人もトイレに行き、追加の氷とオレンジジュースを持って戻って来た。海人は空いた二人のグラスにカクテルを作り、それからまた話し始めた。

「高校野球も終わって、今度こそ聡と切れんなんと思った。そんな俺の決意をまたお前がぐらつかせやがった。大学進学のことも聡ならつついてくるやろうと思ったらやっぱりや。もうここまで来たら二人の縁がどこまで続くか俺自身試したくなってな。だから『運試し』の案持ちかけてん」

聡は新しく海人が作ったカクテルを一口飲みながらまっすぐ前を見て話した。

「俺、その言葉にそそられたし。そんで何か自信あってん。お互いどこ行くか言わんでも、一緒な大学になるとなんとなく思うとった」

その後海人がまた話を続けた。

「俺もバカって言うか、離れたいなら別の大学受けりゃいいがにな。あえて聡の受けそうな大学に目星つけて、いくつか受けた。とうとう大学まで同じとこになっちまった。ただ俺は文系、聡は理系で学部も違うし、そうそう会うことはないやろうって思った。でもお前に誘われると、俺の心はそのたんびにぐらついて、結局聡の意のままになっちまう自分が情けなかった。入学前に行った荒川都電での桜巡りも、野球サークルも」

　海人が続けた。

「荒川都電で桜巡りしたん、覚えとるか。野球以外でお前とがっつり二人きりになったんは、あれが初めてやった。横に並んで座った時、席詰めた拍子にお前の腕や足が触れて、緊張した。内心嬉しくて、このまま時が止まればいいと思った。二人で満開の桜バックに自撮りもしたな。俺にとっては最初で最後の二人だけの思い出や。お前への気持ちは募るばっかやったけど、お前が加奈ちゃんと付き合い始めた時はちょっとホッとした。彼女なら仕方ないなと思ってん」

　話し終えると海人はおもむろに立ち上がり、チェーサー用のミネラルウォーターを持ってきた。それをグラスに注ぎながら、引き続き喋り始めた。

「自分がなんでこんなふうに生まれてきたんやろって悩んだけど、死のうとは一度も思わんかった。聡と野球やりたかったのもあるしな。もちろん親を恨むなんてこともなかったし。むしろ申し訳ないと思っとる」

海人はさらに続けた。

「俺、聡のこととは別に、大学は東京って決めとった。高校で野球終わってやっと腹くくってん。地元のしがらみから離れて同性愛者として生きていこうって。金沢には戻らん。で、受験勉強の合間にネットとかで性的マイノリティのこと、いろいろ調べた。学術的な観点からどうなのかとか、ＳＮＳで同じ悩み持っとる奴らの投稿サイトも見た。自分から裏垢で投稿することも考えたけど、サイトの奴らに確信が持てんで、投稿できんかった。

だから実際に会ってみたかってん。上京したら新宿二丁目に行ってみようと思った。何の当てもなかった。ただネットの口コミで、『リヒト』って店が普通のサラリーマンがよく通っとって、一見でも入りやすいって書いてあったし、そこにしようと思ってん」

聡は自分が思いもよらなかった事実を淡々と告白する海人の横で、何の合の手も入れることができず、茫然と話を聞いていた。海人がさらに続けた。

「大学に入って一年の間はやっぱり怖くて行けんかった。二年の春やったと思う。思い切って足運んでみてん。店の近くまで来て、足が止まって、その辺りでまごまごしとったらマッチョな奴が近寄って来て、連れて行かれそうになって。そん時にジャンが助けてくれてん。自分の連れだからって言って」

「ジャンって誰なん？」

聡がやっとの思いで口を開いた。

「今から話す。それがジャンとの出会いやった。そのまま『リヒト』に一緒に入った。その時メッチャ怒られた。俺みたいな若造がこの辺を一人でフラフラうろついてるってことは、誘ってるって思われても仕方ないことなんやぞって。もっと自分を大事にしろって。

俺そんなつもりじゃなくて、ずっと一人で悩んどって、同じ境遇の人らと話してみたかっただけやったって言ったら、ジャンが黙って抱きしめてくれた。そしたら急に泣けてきて、涙が止まらんくなった。なんかわんわん泣いた」

海人はジャンが自分よりひと回り上で、イギリスとフランスのハーフであること、八年前に日本に来て日本文化を学びながら大学で英文学の講師をしていることを教えてくれた。

「ジャンと出会ったその日に、『リヒト』のママがここでバイトせんかって言ってくれて、彼の勧めもあって翌週からバイト始めてん。ジャンと俺はしばらくしてパートナーとして付き合い始めた」

「パートナーって？」

「だから、恋人としてってことや」

「ってことは肉体関係もあるってことやな」

「そうや。聞きたいか」

「聞きたいような、聞きたくないような」

海人がフッと笑って、

「なんかもう何でも話せる気分や。今日は」

そう言うと、大きな瞳を輝かせ、嬉しそうに話し始めた。

「初めて体験した。好きな相手と身体を重ねる心地よさとか。俺たちはアナルセックスはせん。オーラルセックスや。不自然なことは好まんし。本来ペニスは女性の膣に挿入するもんやろ。腸内は傷つきやすいしエイズにも感染しやすい。ジャンは俺と付き合う前にエイズ検査もしとる。もっとも不特定多数とやっとる奴は、ゲイに限らず感染の可能性は高いけどな」

海人は聡を一瞬上目遣いで見てから、すぐ手に持っているグラスに視線を移し話を続けた。

「俺はジャンに出会えてほんとに良かったと思っとる。彼とはセックスよりも精神的な繋がりを強く感じるし。自分を包み隠さず素直でいられるってこんなにも幸せやったんやって、つくづく思う。ジャンは今年の秋からフランスの大学に本採用されることになって、春には出国するげん。それで俺もちょうど卒業だし一緒にどうかって。彼のお袋さんがフランス人で、実家のお祖母ちゃんが昨年亡くなって、その家が空き家になったままになっとるから、二人でそこに暮らす」

普段と立場がまったく逆転していた。寡黙な海人が延々と話し続け、それを聡が黙って聞いていた。聡は手に持っていたグラスが空になっていることに気付き、自分でウォッカを注ぎ、オレンジジュースと氷を足した。

「おい、それ飲みすぎるとホントにヤバいし。いい加減にやめとけ。もう水にしろって」

海人の忠告に耳を貸すことなく、聡は自分の作った濃い目のカクテルを一口二口と飲み続けた。二人ともかなり飲んでいた。特に聡は思いもよらなかった展開に動揺し、飲まずにはいられなかった。

「ジャンは俺が聡のことまだ好きやってこと知っとって全てを受け入れてくれたんや。だから俺もきっちりケジメつけたかった。そして聡に本当の自分を知ってもらおうって決めた。それに、後々他人から俺のことが伝わるくらいなら、自分自身で聡に告げたほうがいいって思ったし」

沈黙が続き、聡は作ったカクテルを全部飲み干した後、意を決したかのようにグラスをテーブルに置き、海人のほうを見て話し始めた。

「今まで俺、海人にホントに何でもおんぶに抱っこで頼りっぱなしやった。ほんで、海人は文句も言わずにいっつも嫌な顔せず応えてくれとった。でもそれがお前を苦しめとったなんて俺、何も気付いてやれんかった」

聡の言葉に対して海人が優しく言った。

「聡、いいんやって。頼られて嬉しい気持ちのほうが強かったし。それに聡のこと何でも知りたかったし」

聡は海人を見ながらさらに続けた。

「俺自身性的マイノリティに関して何の偏見も持っとらんし、今の時代とやかく言う奴のほうが少ないやろ。ただ俺自身が海人の気持ちに応えてやれんのが辛い」

海人も聡のほうを見て応えた。

「そんなことわかっとることや。俺の気持ちに応えてほしくてカミングアウトしたわけじゃないし。ただ聞いてほしかっただけや」

「海人のことは他の誰よりも好きや。お前のこと悪く言う奴がいたら俺が許さん。でもそれは親友としてでー」

聡の話を途中で遮るかのように、海人が口を挟んだ。

「だからもういいんやって。それ以上何も言うな」

「今までお前がどんだけ辛かったかと思うと俺――」

聡の言葉に海人がすぐさま口を開いて声を荒げるように言った。

「頼むから俺の気持ちを助長させるな。それ以上お前に言われると抑えられんくなるんやって」

「俺はただー」

聡がそう言うか言わないかのうちに海人は聡を両腕で強く抱きしめた。

「カイト？」

海人はそのままの姿勢で聡を下にしてソファーに倒れ込んだ。二人の身体はビーズのソファーに深く沈み込んだ。聡は身動きできないまま、不意の出来事に固まっていた。すると海人が聡の唇に自分の唇を重ねた。さらに聡は固まって、目だけをカッと見開いて自分にキスしている海人を見ていた。

海人は聡の口の中に舌を忍ばせてきた。海人の舌は聡の舌をしっかり絡めて、強弱を巧みにつけながら愛撫した。最初は少し抵抗した聡だったが、今まで経験したことのない舌使いとテクニックに酔いしれそうになっていた。さらに幾度となく飲んだウォッカベースの強いカクテルと、海人の甘くて心地よい、媚薬のような香水の香りのせいで、とろけそうな夢心地気分だった。見開いていた目はとろんと半開きの状態になり、いつの間にか海人に身を任せていた。

海人は聡を抱いていた両腕を離し、両手を聡の両手に重ねた。指を絡め、重ねた両手を聡の頭上にやった。濃厚なキスをしたまま、今度は重ねていた右手のほうを離し、聡のジーンズの前ボタンにその手をやった。海人は慣れた手つきで金のタックボタンを下から順に外し始めた。三つ目のボタンを外し終えると、開いた隙間から手を入れ、聡の下着に触れた。

その瞬間だった。聡はハッとして目を開け、我に返った。すぐさま今出せる渾身の力で、上に被さる海人の身体を離して突き飛ばした。そして反発力が皆無に等しいビーズのソファーから、深く沈み込んだ自分の身体を必死に起こすと、転がるように床に落ちた。頭がクラクラして、ちゃんと立てなかった。仕方なく赤ん坊のように四つん這いになりハイハイしながら玄関まで行き、横のハンガーラックに掴まりながらやっとの思いで立ち上がった。

「聡っー！」

海人が大きな声で叫んだ。

聡はその叫び声に振り向きもせず、ハンガーラックのコートを引っぺがし、スニーカーの踵を踏んづけ、サンダルのようにひっかけながら飛び出すように玄関のドアを開けた。エレベーターに乗りマンションのエントランスを抜け、コートを羽織りながら中野駅まで逃げ帰るように早足で行き、中央線に飛び乗った。駅を出てからグルグルと回っている頭の中とふらつく足を必死に制しながら、満身創痍の状態で下宿先の古書店に帰り着いた。

時間はすでに深夜一二時を回っていた。店前のシャッターは下りていて、中に入るには脇の勝手口から鍵を開けなければならなかった。聡は古書店に着くと力尽きたようにシャッターに寄りかかり、そのままズルズルとしゃがみ込んでしまった。シャッターにもたれ、足を広げて路上に座ったままぼーっと夜空を見上げた。そのまま両膝を立て何気なく下を見た。聡はギョッとした。なんと股間の金ボタンが、一番上を除いて外れたままほぼ全開だった。

聡は道中誰かに気付かれはしなかったか、電車内で変質者に思われなかっただろうかと、もはや思考回路にアルコールが浸透しきった頭でおぼつかない記憶をたどってみた。

そのうちだんだん気分が悪くなってきて、「社会の窓」が全開だったことについての考察どころではなくなった。

胸のムカつきがピークに達し、身体の向きを変え四つん這いになるや否や、耐えきれずにシャッターの前に嘔吐してしまった。「この格好さっきもしたな」、そんなことを頭の中でつぶやきながら何回か嘔吐を繰り返した。一通り吐き終えると、嘔吐物をうまくよけながらその場で寝転がった。酔いの回った頭ではあったが、今日の一部始終の情景が、目を閉じても浮かんできた。そのうちに涙が出てきた。聡は寒さと辛さでうずくまるように身を縮め、そしていつの間にか眠っていた。

陽の光で目が覚めると、聡は自分のベッドの中にいた。身体を起こそうとすると、頭がガンガンして天井もぐらりと動いているように見えた。胸のムカつきもまだ残っている。服はパジャマにしているいつものジャージの上下に着替えていた。いや、おそらく「着替えさせられた」のだろうと思った。

しばらくすると階段をゆっくり上がってくる足音が聞こえてきた。その足音は聡の部屋の前で止まった。足音の主がドアをノックした。

「聡ちゃん、起きてる？　開けるわよ」

下宿先である古書店の店主であり、聡の大伯母、麗子だった。

「聡ちゃん、あんたどうしたの？　死んでるかと思ったわよ。ほんとにもうっ」

聡は麗子から深夜の救出劇の一部始終を聞いた。シャッターの前で泥酔し寝落ちしている聡を、お向かいの喫茶店「カボシャール」のマスターが見つけてくれたとのこと。すぐに寝ていた麗子を呼び出して勝手口を開けさせ、アルバイトの男の子と一緒に聡を部屋まで運び、着替えさせて寝かせてくれた。嘔吐物の始末も全部してくれたとのことだった。

「あんた昨日友達と会うって言って出てったきり何の連絡もなかったでしょう？　てっきり泊まって来るのかと思って鍵かけて寝るつもりだったのよ。寝床入ってしばらくしたら何回もインターホン鳴らす音聞こえたから、聡ちゃんかと思って開けたら『カボシャール』のマスターじゃないの、何事かと思ったわよ。よく見たらマスターの後ろでアルバイトの男の子が聡ちゃんおんぶしてるし、大けがでもしたのかって肝つぶしたわよ。そしたら何のこたぁない、泥酔状態で店の前で嘔吐して潰れてたったって」

麗子は部屋の中央にある小さなちゃぶ台の上に、持ってきた朝食を置いた。卵とじのおかゆが入った小鍋には、ご飯茶碗と蓮華が添えてあった。小皿には梅干、沢庵、それと熱めの番茶がまとめて小さなお盆に乗っていた。

「久々に友達と飲んで酔っ払うのもいいけど、ハメ外しすぎて周りに迷惑かけるのはよくないわよ。もういい大人なんだからね。体調戻ったらマスターにちゃんとお詫びとお礼言いに行ってちょうだいよ」

聡は二日酔い真っ只中といった感じの生気のない顔をして、黙って麗子の話を聞いていた。麗子は頷くだけで手一杯の聡に、ひとしきり言い終わると、部屋を出て階段を下りていった。

聡が正気を取り戻し、「カボシャール」のマスターに謝りに行ったのは、三日後のことだった。麗子が銀座で買ってきた老舗和菓子屋の菓子折りを手に店の扉を開けた。

「おっ、無事生還したか、何より何より」

開口一番そう言ってマスターはニコニコしながら聡を出迎えてくれ、カウンターの席に座るよう勧めた。

「先日はほんとに申し訳ありませんでした。麗子さんからも散々叱られました。いい大人が何してんのって」

「何言ってんの、まだまだいい大人になんかなんなくてもいいぜ。いいのいいの、若いうちは酸いも甘いもいっぱい経験しなきゃ厚みのある人生になんないぜ。恥もかいて失敗もして他人にも迷惑かけてさ。その経験が後になって生きてくるってもんよ。いい大人てのは俺みたいなおっさんになってから」

マスターは客が注文したコーヒーを淹れながら続けた。

「俺の若い頃なんざ他人の迷惑顧みず！　後先考えずやったもん勝ち人生だったな。おかげで辛酸舐めたり煮え湯飲まされたり、いろいろあったけどな。でも後悔したことなんか一度もなかったなぁ。自分で決めたことなんだから結果がどうあれ他人のせいには絶対しなかったしな」

横で洗い物をしていたアルバイトの男子が、

「マスターかっこいい！　ヒュー」

と言って長身のマスターを見上げて笑った。

聡は自分をおぶって着替えまでしてくれた恩人が目の前の彼であることをマスターから聞かされた。もう居てもたってもいられず、椅子から立ち上がるとコメツキバッタのように何度も頭を下げた。

「俺、福祉関係の専門学校行ってんです。介護実習で慣れてっから全然平気っすよ。いつでも実習ＯＫっす！」

アルバイトの男子はそう言って軽く笑い飛ばしてくれた。

聡は持っていた菓子折りを渡し、何かあれば今度は自分がお手伝いしたいと言い残し店を出た。マスターの年齢は七〇前後といった感じだった。白髪のウエーブヘアにバンダナを巻いて、ジーンズにチェックのシャツといったカントリー調のいで立ちで店を切り盛りしていた。奥さんは亡くなり、今は独り身だ。

自分も将来、マスターのように若者に「カッコいい」と言わしめることができる大人になれたらと思いつつ、トボトボと向かいの古書店へと戻っていった。

部屋に戻り、卒論の仕上げに取り掛かろうとするのだが、海人とのことが脳内を埋め尽くし、とてもそんな状態ではない。作業を諦めて、開いていたノートパソコンから画像と動画が保存してあるフォルダーを開いた。そこには小学校から大学までに撮ったものが保存されていた。そのほとんどが、野球関連のものばかりだった。どの写真や映像を見ても、海人や自分、そしてチーム全員がその瞬間を純粋にボールだけを追いかけプレーしている姿が映っていた。スマホの中の画像も、どれもそうだった。スクロールしながら順に画像を眺めていると、荒川都電の桜巡りで海人と二人で自撮りした写真が表示され、聡は思わず手を止めた。見ているうちに目頭が熱くなり涙が出てきた。涙がスマホの画面に落ちた。海人の笑った顔が涙のレンズで大きく映し出され、余計涙を誘った。

「このままで終わっていいのか？」

聡は海人とのこれまでの友情がこんな形で終わってしまうと思うと、どうしようもない焦燥感にさいなまれた。とにかくもう一度会いたい。でもどうやって？　そしてどう話せば良いのやら、自問自答を繰り返した。

一晩中眠れなかった。誰かに相談したいが、海人以外に信頼でき、頼れる相手は他にいない。考えに考えあぐね、苦肉の策ではあったが久しぶりに加奈子にラインで連絡をしてみた。別れて以降、これが初めてだった。「既読」は付いたが返事が来ない。しばらくすると文面ではなく直接電話がかかってきた。

「久しぶりだね。卒論は順調？」

「まぁなんとか。そんなことよりラインした件なんだけど、加奈子に相談すべきことじゃないのかもしれない。でも俺、もう一人で収拾つかなくって」

「海人君、聡にカミングアウトしたんだ」

「うん」

聡は海人に呼び出され、自分の誕生祝いで手料理を自宅でご馳走してもらったこと、フランス行きを告げられ、さらに同性愛者だとカミングアウトした海人から告白を受け、成り行きでキスまでして逃げ帰ったことを、洗いざらい加奈子に話した。

「ラインは？」

「アイツからは来てないし俺からは怖くてできない」

「海人君に会いたいなら彼のバイト先に行ってみたら？　確か火木土の夕方六時から一〇時で入ってたはずよ」

「バイト先って二丁目の？　俺一人でか？」

「当たり前でしょ。本当にこのままで終わりたくないなら、今度は聡が海人君のことをもっと知るために全力で動くべきでしょ。二人の絆は本物だって最後に自信持って彼に言ってあげなきゃ。そうでしょ？」

加奈子は涙声で聡に力説して電話を切った。

聡は加奈子の言葉にガツンと頭を殴られたような衝撃を受けた。と同時に、やはり彼女に相談して良かったと納得し、行動する決意を固めた。

聡は来週の木曜日に海人のバイト先へと向かうことにした。その日はたとえどんなひどい仕打ちにあったとしても、海人に俺たちの絆は固いことを何としても伝えたいと思った。ただ、撃沈してしばらく臥せってもいいように、卒論だけはそれまでに絶対仕上げて提出してしまおうと決意した。

そして当日を迎えた。聡は、卒論の仕上げ作業を恐ろしいほどの集中力と気力でこなし、二日前には仕上げて提出していた。

出かける間際に麗子に呼び止められた。

「聡ちゃん卒論やらなんやらで、忙しそうだったし、まだ伝えてなかったんだけど、実はね、お店畳むことにしたのよ。私も来年で八〇だし、思い切ってここ手放して、高齢者マンションに入ることにしたの」

「えーっ。そうなの？　っていうか麗子さんってもうそんな年なんだ。何か見た目が若いからピンとこないけど」

「あらあら、おべっか言っても何も出ないわよ。だってあなたのお祖母ちゃんの姉なのよ、私。そりゃそんな年にもなるでしょ」

麗子は普段身綺麗にしているせいか、確かに若く見えた。白髪交じりの長い髪を、洋服に合わせた色のシュシュで一つに結び、爪も派手な色ではないがネイリングしてもらっている。ピアスだってつけるし、毎日のお化粧も欠かさない。

「ただね、聡ちゃん、少なくともあと二年はこっちで暮らすじゃない。住むとこなくなると困るでしょ？　それであなたのお母さんに相談したらね、聡には賃貸マンション探してもらうから私の好きにしてって。お金はちゃんと出してくれるそうよ」

「まじ？」

「もう卒論仕上がったんならゆっくりできるんでしょ？　一度実家に行って来たら？　お母さんも報告したいことあるみたいよ」

「え〜っ。もうあっちこっちから立て続けにカミングアウトくらってんだけど俺。メンタルもつかなぁ」

聡はふっと海人から彼のマンションを借り受ける話を思い出したが、この状況でそれはないだろうと頭の中を白紙に戻した。

「とりあえず考えといて」と麗子に言われ、聡は「ハイハイ」とおざなりな返事をした。

そして出がけに帰りが遅くなるかもしれないと告げて新宿に向かった。新宿線に乗り、新宿三丁目で降りて地上に出た後、新宿通りを二丁目に向かって歩き始めた。

だんだん二丁目に近くなり、飲食店が立ち並ぶメイン通りである仲通り入り口付近まで来て足が止まった。「ここまで来て躊躇してどうする」と自分に言い聞かせ、また歩き始めた。よく見るとなんら他の街と変わらない。コンビニやどこにでもある居酒屋が並んでいた。さっそく海人のバイト先を探すことにした。ところが店名が思い出せない。「リード」？　いや「リント」？　でもないような……。聡は仕方なく、加奈子にまたもやヘルプのラインをした。「この期に及んで店名を聞く？　相変わらずだね」と、彼女は文の末尾に困った顔の絵文字を付けて次に「リヒト」と明記してくれた。

とりあえず左右の細い路地をキョロキョロと見渡しながら前へと進んだ。花園通りと交わる交差点が見えてきた。その手前の右脇道を何軒か奥に入った店に目が留まった。赤レンガと漆喰の白い壁で飾られた壁面には、ランプのような外灯に照らされた「ＬＩＣＨＴ《リヒト》」の文字があった。

「見つけてしまった」聡はドキドキしながらとにかく店の近くまで行き、外観を眺めていた。さあどうする。もう入らないわけにはいかない。思いとは裏腹に、足が竦んで前に進めない。こんなところで突っ立っていると海人みたいに誰かを誘っていると勘違いされるかもしれない。そう思えば思うほど焦る聡だった。案の定、聡は一人の男性に声をかけられた。見ると頭はスキンヘッドで耳に金のリングピアスを三連付けていた。歌舞伎役者のような面立ちに黒の革ジャンを羽織ったその中年男性は、ニコニコしながら、

「どしたの？『リヒト』に来たの？　そこにずっといるつもり？　ちょうど俺も入ろうと思ってたところ。さっ一緒に入ろうや。この店一見さん全然ＯＫだぜ」

そう言って聡の両肩を後ろからトントン軽く叩きながら前へ前へと進ませた。聡は恐る恐るドアを開けた。美しいはめ込みガラスの木製ドアが開けられると、ママの「いらっしゃいませ～」という明るい声が聞こえてきた。

「あら？　ずいぶん可愛いお友達じゃない？」

「そうなんだよ。迷える子羊放っておくわけにいかないもんでね。とりあえず保護したわけよ。この子に何か飲ませてあげてよ。俺はいつものね」

スキンヘッドの男性はそう言って聡をカウンターに座らせ、自分も隣に座った。

「あのう、海人は今日バイトの日じゃないんですか？」

もじもじしながら聡がママに質問した。

「えっ？　カイちゃんのお友達？　なんだそうなの？　あの子から聞いてないの？　今実

家に帰省中よ。卒業前には戻って来ると思うわよ。ここもあと数日で終わり。カイちゃん手際もいいしお店でも評判良かったから残念だけど、あの子たちの門出だから仕方ないのよね」

ママはそう言いながら聡にジンジャーエールを出した。

「あっ、俺全然アルコールＯＫっす」

それを横で聞いていたスキンヘッドが、

「じゃあ彼のジンジャーに俺のボトルのバーボン足してやってよ」

ママは「ハイハイ」と言ってカウンターに置かれていたジャックダニエルを、聡のジンジャーエールに注ぎ、マドラーで何回かシェイクした。

「では、出会いに乾杯！」

スキンヘッドは自分のグラスを聡のグラスに軽く当て、グイグイ飲んだ。

しばらくして三つに仕切ったワンプレート皿の突き出しが二人の前に置かれた。皿にはキャベツのピクルス、鱈のエスカベッシュ、それにブロッコリーとエビのサラダがそれぞれ盛り付けられていた。

「相変わらず豪華な突き出しだよな。ママ腕のいい料理人だったんだぜ。これ目当てに来る客もいるくらいなんだ。さっ食いなって」

　スキンヘッドの男性は聡にそう言うとさっそく手をつけた。聡も言われるまま食べてみると確かに美味かった。聡はグラスの酒を一口飲み、ママに尋ねた。

「すみません、そしたらジャンって人は、今日は来ないんでしょうか」

「ジャンねぇ、カイちゃん休みだしねぇ。来るかしら」

「俺連絡しようか？　会いたいんだろ？」

　スキンヘッドがスマホを取り出しジャンに電話をかけ始めた。何回かコールしていると、店のドアが開き、スマホを耳に当てながら笑顔のジャンが入って来た。

「コンバンハ」

　その声にスキンヘッドはスマホをかけたまま振り返った。

「チョウド店ニ入ロウト思ッタラ、スマホガ鳴ッテサ」

　聡も振り返ると、そこにはウエーブのかかった金髪のショートヘアに白いダウンジャケット、白いデニムパンツを身に着けた、細マッチョの白人男性が立っていた。

「君、モシカシテ聡カイ？」

　ジャンは聡を見て聞いた。

「そ、そうです。僕のこと、海人から聞いているんですか？」

「モチロン。海人ノ大好キナ初恋ノ人ダモノ。僕ニトッテノライバルデモアルシネ」

「そんな、俺はそんなんじゃなくてー」

聡がしどろもどろになると、ジャンが軽く笑い飛ばして、

「ハハハハッ、ジョークダヨ。ソーリー」

そう言うと、聡の右隣に座り、自分のボトルをママに頼んだ。

「聡ガ自分ヲ訪ネニ来ルカラ、ヨロシクッテ海人ニ言ワレタヨ。ソレト、コノ間ハ聡ニ嫌ナ思イヲサセテ、ホントニ申シ訳ナカッタッテ。デモ後悔シテナイヨッテ。以上」

ジャンは出されたボトルのウイスキーを丸い氷が入ったロックグラスに注いだ。

「なんで海人は僕が来ること知ってたんですか？」

「加奈チャンカラ聞イタラシイヨ」

聡は加奈子が前もって海人に伝えてくれていたことを知った。

「加奈子のことも知っているんですね。海人のこと、僕より何でも知ってるんだ、あなたは。何かあなたに嫉妬している自分に、モヤモヤしてます。あっ、でも、その恋愛的なものじゃなくてー」

　ジャンは口ごもってしまった聡の肩を左手で軽く叩いて、自分の作ったウイスキーのロックを一口飲んだ。その後グラスを両手で持ち、カウンターに両肘をついて正面を向きながら話し始めた。

「ワカッテルヨ。僕モ海人モ。デモネ、友情モ、ヒトツノ愛ノ形。ソシテコノ世ノ全テハ愛デ成リ立ッテルト僕ハ思ウンダ。親子愛、兄弟愛、ソシテ僕ラノヨウナ同性愛。ビジネスダッテソウ、自ラ愛情込メテ作リ上ゲテコソ、顧客ニ喜ンデモラエル。ソレコソ戦争も祖国愛カラ始マルコトモ。デモネ、愛ニ溺レテ欲ガ勝ルト、ソレハモウ愛ジャナクナルト思ウンダ。ダッテ愛ニハ強制モ束縛モアッテハナラナイカラ。マシテヤ暴力ナンテモッテノ外。自由ナンダ愛ハ。ソシテ見返リヲ求メルモノデモナイ。ワカルカイ。ナゼナラ信ジル心ガ愛ヲ育ムカラ」

　話し終え、ジャンはチラリと聡を見て微笑んだ。すぐまた顔を正面に戻しさらに続けた。

「ソリャ人生ノ時々デ愛ヲ信ジラレズニ傷ツケアッタリスルコトモアルヨ。デモ人間ハ理性と本能トヲ巧ミニ使イ分ケテ、失イカケタ愛ヲ修復シタリ、失ッテモマタ新シイ愛ヲ育ムコトガデキルンダ。ソウイウ生物ナンダト思ウヨ。言ッテオクケド、コレハアクマデモ僕ノ持論ダ。ダカラ君ガ受ケ入レタクナケレバ、ソレハソレデヨシ」

ジャンはひとしきり話すと、グラスを左手に持ったまま、右手で頬杖をつき、身体を聡のほうに向けた。

「海人ト聡ハ心カラ信頼シ合ッテイルンジャナイノカイ？　ソレモ愛ナンダヨ。イロンナ愛ノ形ガアッテイインダ。ソウダロ？　ダカラオ互イ自分ヲ責メル必要モナイシ、傷ツキアウコトモナイ。

海人カラ聞イタヨ。イロイロアッタミタイダケド、ソンナコトデ今マデ築キ上ゲテキタ二人ノ絆ガ崩レルコトハナイハズ。ＯＫ？」

聡は大きく頷き、ジャンに言った。

「ありがとうございます。何か心が晴れた気分です。やっぱり来て良かった。そしてあなたに会えて良かった。ところで海人のほうはその……あれからどんな感じなんですか？」

「君トノ件カラ三日後ココニ来タ。捨テラレタ子犬ミタイナ悲シイ目ヲシテタ。ソノ夜ハ思イッキリ愛シテアゲタヨ」

「そうなんですね」

聡は顔を赤くしてジャンを見た。

「ダッテ、僕ト海人ハパートナーダモノ。今デハ僕ノホウガ海人ニゾッコンカナ。デモ束縛ハシナイヨ」

　さらに真っ赤になった聡を、まじまじと眺めながら見守るような笑顔で続けた。

「ソレカラ君ニモ話シタヨウニ、海人ニモ愛ニツイテ僕ノ持論ヲ話シタ。彼ニモ笑顔ガ戻ッタヨ。海人ノ笑顔ハ最高ダネ。普段クールナ表情ガ、笑ウト一変シテ、アドケナイ少年ノヨウナ顔ニナル」

「そうなんですよ。笑うとちょっと大きめの前歯が見えて、ほんとに可愛いんです」

　聡は頬を紅潮させたまま、堰を切ったように話した後、急に恥ずかしくなり俯いた。

　意表を突いた聡の言葉に一瞬驚いたような顔をしたジャンだったが、すぐに笑顔に戻り、グラスのウイスキーを飲み干してから聡に話し続けた。

「今ハ実家ニイルヨ。フランスニ出発スルマデニハ聡ニ必ズ連絡スルッテ言ッテタ」

　言い終わるとボトルのウイスキーをお代わりし、ゆっくりとグラスを回してから一口飲んだ。

「僕も連絡してみます」

「今シテミル？」

「いや、今はちょっと、恥ずかしいので。ところで今更なんですが、ジャンさんってメッチャ日本語上手ですよね」

ジャンは軽く笑った後、笑みをたたえたまま聡を見つめ話し始めた。

「サンキュ、ジャンデイイヨ。モウカレコレ八年カナ。日本ニ来テ。日本語ノ響キガ好キデネ。最初ノ二年クライデ必死ニ覚エタヨ。前ノパートナーガフランスノ大学デ日本文学ヲ教エテイタンダ。僕ハ生徒ダッタ。卒業シテカラ教授ノ研究ヲ手伝ウウチニ、付キ合ウヨウニナッタ。特ニ日本文化ハ他ノ国ニナイ独自ナモノヲ感ジルネ。島国ダトイウコトモ、多分ニ影響シテイルラシイヨ。ソシテモット学ビタイト思ッタンダ」

彼は視線をグラスに向けると、一呼吸置いてさらに話を続けた。

「ソンナ時、彼ガ日本ノ知リ合イノ教授ニ推薦状出シテクレテネ。今ハ英文学ト語学ヲ教エナガラ、日本文化ヲ学バセテモラッテル。僕ノ好キダッタ彼ハ、僕ガ日本ニ来テ二年後ニ亡クナッタ。癌ダッタ。本人ハ僕ガ日本ニ行ク前カラワカッテタ。ダカラ日本ニ行カセタノカモシレナイ。今ハ海人ガイル。先ノコトハワカラナイケド、彼トハ恐ラクコレカラモズット一緒ノヨウナ気ガスルナ」

「お話が弾んでるところを失礼。この可愛い彼にお代わりを作ってあげてもよろしいのかしら。とっくにグラスの中が空っぽになってるんだけど」

ママが微笑みながらジャンに話しかけた。

「オーゴメンナサイ。聡、僕ノボトルデヨケレバ、イクラデモ飲ンデ」

「何言ってんの。俺が最初に連れて来た客人だぜ。ママ、僕ので作ってやってよ」

ずっと黙って二人の話を聞いていたスキンヘッドが口を挟んできた。聡は自分の左隣に、入店時に同伴（?）したスキンヘッドの男性がいたことをすっかり忘れていた。

「ジャンが愛を語るなら、俺だっていくらでも語って進ぜますよ」

「確カニ正元サンダッタラ悟リノ境地ニ達スルコトガデキルカモ。コチラ、コウ見エテモ歴史アルオ寺ノゴ住職ナンダヨ。彼モ僕ト同ジ仲間ダ」

ジャンはそう言って、頬杖をついていた手を顔から離し、スキンヘッドの男性に向け聡に言った。

「えっ？　お坊さん？」

聡の驚いた声にスキンヘッドが答えた。

「そうだよ。僧侶の同性愛者だってそらいるわ。ここに通ってるお客の半分くらいは俺たちと同じ同性愛者かな。普通の会社員や公務員もいるし、医者だっている。俺みたいに堂々とカミングアウトしてるかどうかは知らないけど、みんな誰も自分のことを悲観してないよ。楽しくやってる。以前に比べればずいぶん生きづらさもなくなってるしね」

「大事なのは、自分のことを素直に受け入れること。あとは周りと比べない。この世には元々上も下も良いも悪いもないんだ。狭い了見で判断しないで、もっと視野を広げていろんな角度から考察できれば、物事にいちいち動じなくなるよ。全ては『般若心経』の中にある。なんてね、久々に坊さんらしいこと言っちゃったよ」

スキンヘッドの住職が説法を説いている間、ママが彼のボトルのバーボンを聡のグラスに注いでソーダ割りを作った。聡は差し出されたグラスを、一礼してから手に取り一口飲んで住職に言った。

「貴重なお話、ありがとうございます。何か心に染み入りました」

「ほんとにそう思ってんの？　まっいいや。とにかく俺たちみんなの愛に乾杯！」

住職は持っていたグラスを高く持ち上げ、聡のグラスとジャンのグラスに軽く当ててから勢いよく飲んだ。

「ところでママってその、女性ですよね」

場に慣れてきた聡が普段の調子でママにいきなり聞いてきた。すると彼女はグリーンのメッシュが入ったショートヘアを掻き上げ、高笑いして聡に言った。

「残念ながら正真正銘女ですよ。二丁目界隈はゲイバーやトランスジェンダーたちのショーパブが多いけど、ここらもどこにでもある普通の飲み屋街よ。長くやってるうちにいつの間にかゲイの皆さん、うちの店を気に入ってくれてね。それこそ正元さんやジャンみたいにいろんな職種の方がお見えになって」

ジャンがママのグラスに自分のボトルのウイスキーを注ぎながら言った。

「ソレハ皆ママニ会イタイカラデショ。ソレトオ店ノ名前『リヒト』。僕ガコノ店ニ入ッタキッカケハ、店名ニ惹カレタカラ」

「名前の由来話してなかったっけ。この名前はね、私の主人の父から聞いた話に感銘を受けて付けた名前なの。私の夫はドイツ人で、知り合ったのはフランスのレストラン。二人とも料理人として働いていたのよ。将来は日本でレストランしようって。でも彼は来日してからお店のオープンを待つことなく亡くなった。突然死だったの。働きすぎたのよ、開業資金のために昼夜なく働いてた。資金の目途がついてきた頃に私が身ごもって、なんとか子供が生まれる前に開業したくて必死だったのよ彼」

ママはグラスの水割りを一口飲んだ。

「主人が亡くなる少し前に息子が生まれたのね。彼が息子に付けた名前が『利人《リヒト》』。ドイツ語で光を意味する言葉よ。彼のお父さんが学生だった頃、まだドイツは東西に分断されていてね、お父さんは東ドイツにいたの。卒業の年にベルリンの壁が崩壊したんだけど、壊れた瞬間、西ドイツから一筋の光が差し込んできたんだって。ああ、これが希望の光なんだって。諦めずに自分を信じ続ければ、必ず希望の光が差すからって。この言葉が彼の支えでもあった。だからお店の名前も『リヒト』にしたの。主人が亡くなって女手一つでの子育てはたいへんだったけど、彼の夢叶えるためにお店はやることにしたの。でもね、資金が足りなくて、結局小さなバーを開くしかなかった……。何かしんみりしちゃったわね。正元さん何か言ってよ」

「えっお、俺？　じゃあママの愛に乾杯！」

正元がママのグラスに自分のグラスを当て、聡とジャンとも再度乾杯をした。

「今日僕にとってここで過ごした数時間は、すごく貴重な経験になりました。心なしか人として成長できたような気分です」

聡はそう言ってグラスのバーボンソーダを全部飲み干し立ち上がった。

「もう帰ります。今日はほんとにありがとうございました。ママ、会計お願いします」

「野暮なこと言うなって。素直にゴチになりますって言えよ。って言うか大したことしてねぇけどな。今度来た時はもっと豪勢におごってやるよ。帰りはよそ見せずにまっすぐ帰るんだぞ。でないとオオカミに食われちまうからな。ハハハハハッ」

　正元住職は聡にそう言って、豪快に笑い飛ばした。ジャンも聡を見てにっこりしながら頷いていた。聡は深く一礼して店を出た後、言われた通りまっすぐ帰宅した。


　それから三日後のことだった。昼食を済ませ、部屋でゴロゴロしていたところへ聡の母から電話がかかってきた。

「母さん？　どしたん？　俺も電話しようと思うとった。今週末に帰るわ」

「ちょうど良かった。すぐに帰って来まっし。海人君のお母さんから連絡あって、海人君事故ったそうや」

「えっ？　事故った？　で容態はどうなん」

「ちょっと待って、今メモ見る。え〜と、左腕骨折、頭部と右手の甲に擦り傷。坂道のカーブでスリップしてガードレールに突っ込んだって。自損らしいわ。被害者出なくてホント良かったわ。海人君も命に別状ないし、お見舞いに行ってもえ丈夫みたいやから帰ったらすぐ行ってみまっし。じゃあ待っとるね」

母はそう言って電話を切った。聡はあれこれ考える間もなく身体が勝手に動いていた。身支度を終え、夜行バスの予約状況をネットで見た。聡が部屋で慌ただしくしている様子に気付き、家主の麗子がやって来た。

「どうしたの？」

「さっき母さんから電話があって、帰省してた友人が事故って入院したって。帰るならすぐ来いって言われて、今日の夜行バスの予約状況今ネットで確認してるところ」

「えっ？　それはたいへんねぇ。友人ってもしかして海人君？」

「そうだけど、よくわかったね。ここ来たことあったっけ？」

「いいえ、聡ちゃんから写真見せてもらったのと彼のこと聞いたことあるだけよ。この年になるとね、若い子の顔は皆同じに見えるしすぐ忘れちゃうんだけど、海人君の顔は覚えてるのよ。私のような年寄りでも彼のような美男子は忘れないもんなのよねぇ」

麗子はかけていたシニアグラスの上から、聡を覗き込むようにして見ると、ニヤッと笑った。

「あっそう」

「で、怪我の具合はどうなの？」

「左腕の骨折とあと軽い擦り傷だって。自損で被害者がいないのが幸いだったたって母さんが言ってた」

「そう。夜行バスで帰るの？　新幹線なら今日中に金沢着くわよ」

「いや～ここしばらく家庭教師のバイトもやってないし、先立つものないから新幹線はちょっとね」

聡のその言葉を聞いた麗子は、急にほくそ笑み、そのまま黙って居間に向かった。そして紫檀の箪笥の引き出しから何やら取り出し、戻ってくるとそれを聡に手渡した。

「これ聡ちゃんの卒業と入学祝いよ。これで新幹線の往復代は出せるはず」

「麗子さんありがとう！　メッチャ嬉しいっす！　ありがたくいただきます。さっそく中見ていい？」

「どうぞどうぞ」

聡は手渡された祝儀袋から金糸の水引を外し、入っていた紙幣を数えた。

「え～っこんなにもらっていいの？　しかも現金なんて久々。普段電子マネーしか使ってないから、手が切れそうな新札が一〇枚以上重なってるの見ると、ことさら嬉しいっす！」

「私たちの世代はなんだかんだ言ってやっぱりこれがいいのよ。それにまだ流通してるんだから現金も捨てたもんじゃないわよ。さっ準備できてんなら早く行きなさい。手土産も忘れないようにね」

　聡は麗子に見送られ、足早に東京駅へと向かった。


　金沢に着いたのは夜の七時を回った頃だった。家に帰ると母が夕飯の準備をしていた。

「ただいま」

「えっ？　もう着いたん？　今晩帰るってさっきラインで連絡もらったばっかりやったから、まだ夕飯できてないわ」

「連絡するの遅れてゴメン、すぐにでも海人の見舞い行きたかったし。夕飯作らんでもいいし。外食べに行こって」

　聡は母にそう言うと、荷物を置いて二人で近所の洋食屋へと向かった。店に入ると四人掛けのテーブル席に向かい合って座った。

「ここ子供の頃よく食べに来たよね。学童野球の大会で優勝したとき祝勝会したの覚えとるわ」

聡と母は先にきたグラスワインを飲みながら、昔の思い出話を語り合った。程なくして注文したハンバーグ定食がテーブルの上に置かれた。二人はグラスワインをもう一杯追加し、出された料理を堪能した。食後、聡の誕生日が近いからと母がデザートとコーヒーを追加注文した。

「聡も二二歳か。あっという間やったね。まぁ大学院行くからまだ独り立ちって感じじゃないけど、二〇歳もすぎとるし、一区切りということで」

母は話を続けた。

「実は、母さん再婚することにしたんよ」

「えっ？　まじか」

「二年ほど前からお付き合いさせてもらっとる人なんよ。なんとなく父さんに雰囲気が似とるかな。友達の紹介で、その人も六年前に奥様に先立たれてね。お子さんは社会人で独り立ちしとるし、この間奥様の七回忌も終わって切りもいいしってことで、お互い一緒に住もうってことになって。うちも父さんの一七回忌やし、今年。だからもういいかなって」

聡は母の告白中に届いた苺のショートケーキをじっと見つめながらコーヒーを一口飲ん

だ後、顔を上げ、母を見て喋り始めた。

「わかった。俺は大丈夫や。異議なし。母さん今まで俺のことばっかで、自分のことはいっつも後回しにしてきたのわかるし。母さんの好きなようにしていいよ」

「お前、いつの間にそんな泣かせるようなこと言えるようになったん。親が子供の面倒みるのは当たり前。それに周りの人たちもみんな助けてくれたしね。とにかく聡にはちゃんと報告せんといかんなと思って」

母はそう言うと涙ぐみながら安堵したように、おもむろにケーキを食べ始めた。

二人がケーキを食べ終わったところで母のほうから話を切り出した。

「それでね、家のことなんやけど、聡がもうこっちに戻らんつもりなら売ろうかなと思って。私は彼の今住んどるマンションに移るから空き家になっちゃうんよ」

「そうかぁ。コン太は連れて行くん？」

「もちろん連れて行くよ。ペットもOKやし、彼も動物嫌いじゃないしね」

「コン太」は聡が上京する際、母が寂しいからと飼い始めた柴犬だった。当初は子犬だったが、成犬となった今では、小型ながらも立派な番犬として、聡の母と暮らしていた。

聡は両腕を頭の後ろに組むと、椅子の背もたれに寄りかかってため息をついた。

「母さんゴメン、俺たぶん大学院卒業しても金沢には戻らんわ。だから今の家、売ってもらってもいいし」

申し訳なさそうに言う聡の言葉に母が笑顔で応えた。

「そうやろうなと思うとった。それはそれでいいんや。父さんには悪いけど、もう二〇年以上は経っとるしね。もうそろそろ修繕も必要になってくる頃やったから。それはともかく麗子さんから聞いたんやけど、店仕舞いするんやろ？　五月の連休明けに高齢者向けマンションに引っ越すって。そしたらあんたも退去しなきゃならんやろ。それで母さん考えたんやけど、この家売ったお金を次の聡の住宅資金に充てたらどうやろと思ってね。まぁ生前贈与みたいになっちゃうかねぇ。って言っても大した額にはならんと思うから期待はせんといてよ」

聡は組んでいた腕を頭から離し、今度は胸元で腕組みして答えた。

「母さんだってまだまだそれなりにお金必要やろ。俺だけがもらうわけにいかんし」

「私は父さんが残してくれたお金まだ残っとるし、それで十分」

「俺、実は海人が今住んどるマンション貸してもらおうかと思っとる。あいつ春からフランス行くし、借り手探しとるみたいやから。元々海人の父さん名義のもので、安く貸してもらえそうなんや。だから今は生前贈与までせんでも、今まで通り学生の間は月々の仕送りでいいって。何か偉そうなこと言っておきながらまだ独り立ちできずゴメン。とにかく明日海人の見舞いに行った時にマンションの件頼んでみる」

聡は組んだ腕をほどき、姿勢を正して続けた。

「それと、その母さんの彼氏に今度会わせてもらっていいか。結婚式とかするならその前にちゃんと会っとかんとな」

「結婚式はせんつもり。聡が金沢にいる間に会ってもらえるか後で聞いとくね」

母は嬉しそうに言った後、立ち上がり、レジで会計を済ませた。そして二人は店主に挨拶し店を後にした。

翌日の午後、聡は兼六園の向かいにある総合病院へと向かった。受付で海人の病室を聞いた後、西病棟のエレベーターに乗り、四階で降りて海人の病室へと向かった。だんだん病室が近くなると緊張感が増してきた。聡は病室の前で立ち止まり、一旦気持ちを落ち着かせ、そして戸を開けた。

「よう、元気か」

ベッドの上で身体を起こし窓の外を眺めていた海人は、聡の声に驚き、病室の引き戸に顔を向けた。そして目を見開き硬直したまま、近づいて来る聡を見ていた。傍まで来た聡を見上げ少し間を置き、言った。

「入院患者に『元気か』はないやろ」

「スマン、『大丈夫か』やな」

お互いはにかんだ笑みを浮かべ、黙ったまま顔を見合わせた。先に口を開いたのは海人だった。

「この階に兼六園が見える眺めのいいロビーがあるげん。そこ行こ」

「そうなん？　この部屋個室やし、誰に気ぃ遣うこともないし別に俺ここで話してもいいけど」

「二人っきりやと、また何すっかわからんしな」

海人は薄笑いを浮かべてベッドから降り、スリッパを履いて歩き始めた。病室の引き戸を開けて前へと進む海人の後を、聡もついていった。後ろから海人の格好をよく見ると、頭には額の傷を覆うように鉢巻き状に包帯が巻かれ、骨折した左腕は三角巾で吊られ右手の甲にも包帯が巻いてあった。髪は包帯のせいか無造作に跳ね返り、甚平型の患者衣を着てスリッパをパタパタ鳴らして歩いていた。普段お洒落な海人とはまったくかけ離れたその姿が、聡にはなんだか滑稽に思えてきた。海人には悪いと思いつつ、笑いが込み上げて思わず吹き出しそうになった。

「ここ座ろうぜ。なっ、眺めいいやろ？」

海人は、総ガラス張りの壁面前に置かれたソファーに腰かけた。ソファーは座って景色を眺められるように置かれていた。傾斜のある道路を挟んで、病院の向かいには兼六園があり、ガラス越しに園内が若干見下ろす感じで見えた。聡は海人の吊った腕に当たらないよう彼の右側に座った。

「この階、整形外科の病棟ねん。今ちょうどリハビリタイムでここらに人来んからゆっくり話せる」

海人は一旦俯き顔を上げ、続けて言った。

「この間は悪かった。俺あんなことになるなんて自分でも思いもせんかった。俺の話を素直に聞いて一生懸命慰めてくれとるお前見とるうちに、気持ち抑えられんくなって、気が付いたらああなっとった」

海人が話し終えると、すぐさま聡は海人を見て言った。

「俺のほうこそ海人の気持ちあおるような感じになってしまってゴメン。しかもお前に止められたんに勝手に飲みまくって。あの後帰ってから下宿先の前でゲロ吐いて散々やった」

聡は顔を赤らめさらに続けた。

「それとあん時、海人のキスに感じてしまってん。あんなの初めてやったし。俺たぶん自分からも舌絡めとった。あっ言っとくけど、してくれってことじゃないからな。彼女ができたら俺もあんなキスしてみたいって思った。あと、酔うとったせいもあると思うんやけど、お前に押し倒された時何の抵抗もできんかった。ホント筋力落ちとると思ってん。これからは身も心も鍛え直そうと思っとる」

相変わらず開けっ広げで素直な聡に呆れながらも、海人は笑顔で彼の話を聞いていた。

「でも俺、この一件でいろんな人に出会ってすごくためになる話聞けたし。だから逆に海人に礼言いたいくらいや。ジャンにも」

聡はひと呼吸おいてから話を続けた。

「この地球上に何十億って人が暮らしとるやろ。だから一人一人の人生なんてちっぽけなもんやけど、なんかそれでもそれぞれの人生でいろいろあって、そんでもってちゃんと前に進んで生きとるんやって思った」

聡がさらに続けた。

「俺の爺ちゃんがさ、カラオケでよく歌うんやけど、『ささやかなこの人生』って歌。爺ちゃんの若い頃流行っとったフォークソング。ほら『なごり雪』って今でもよくこの時期に歌われとるやろ、あれ作った人の歌や。今ふっと思い出したわ。機会あったら聴いてみ」

聡は『なごり雪』の最後のサビの部分を小声で口ずさみ、海人も一緒に歌った。

「ところで、なんで事故ったん？」

聡の問いに海人が答えた。

「そのまさに『なごり雪』のせいねん」

「はっ？　『なごり雪』のせい？」

海人はガラス越しに見える景色を眺めながら、静かに話し始めた。

「俺フランス行く前に、実家に車置いていこうと思って、車で金沢に帰って来てん。事故ったんはちょうど東京に戻る日やった。都内で乗り回すことほとんどなかったし、乗り納めにと思って早朝ドライブに出かけた時やってん。その日はやたら寒くてな。しばらく走らせとったら空から白いもんがゆっくり落ちてきてな。ホントに桜が舞い散るみたいな雪やった。それ見とったらなんか不思議な気分になって、つい油断してしまってん。左カーブでスリップして曲がり切れんで反対車線のガードレールに突っ込んでしまってん。そこ北側斜面の道路でな。凍結しとったんに気付かんかった。事故った時、意識朦朧で、このまま死んでもいいかなって思った。今は助かってよかったと思っとる。何より被害者が出んかったのがホントに良かったと思うとる」

　海人の愛車「ミニクーパー」はフロント部分の損傷がひどく、持ち主も不在になることから結局廃車にしたとのことだった。

「ジャンには知らせたんか、お店のママも心配しとるんじゃないか。それから加奈子もな」

　事故の一部始終を聞き、聡は海人のほうに身体を向けて心配そうに言った。

「ちゃんと連絡した。ジャンは明日金沢に来るって。やっぱりちゃんと俺の両親に話をしたいからって。実は俺、フランス行く前に親にカミングアウトしようと思ったのもあって帰って来た。最初ジャンも一緒に行くって言ってくれたんを俺が断ったんやけど、こんなことになっちまって結局ジャンも来ることになった」

「で、親にはもう言ったんか」

「うん、お袋や姉貴はなんとなくわかっとったらしい。やっぱりみたいな顔しとった。親父は可哀そうやったかな。聞いた時はショックで、かなり落ち込んどったみたいや。けどこればっかりは治療してどうこうなるもんじゃないからな。今は仕方なく受け入れとる。親父の不動産会社は、前から姉貴が自分で継ぐって決めとったみたいや。一級建築士の免許持っとるし、本当は建築事務所やりたいとこやろうけどな。でも姉貴やったら不動産業も建築も両方切り盛りしていけそうな気がする」

「そっか、確かにお前の姉ちゃんやったらやりそうやな。俺実は中学の頃、海人の姉ちゃん好きやってん。学童の時から一緒に野球やっとったし。一個しか違わんかったけど、憧れみたいなのもあったしな」

「知っとった。あの頃、姉貴もお前のこと好きやった。両想いやって知っとったけど二人に言わんかった。俺の嫉妬や」

　聡は海人の顔を驚いたように覗き込んだが、すぐ表情を緩め、笑みを浮かべて前を向いた。

「そっか、そっか。俺もまんざらモテんわけでもなかったってことか。お前の姉ちゃんも美人で校内で人気あったしな。その姉ちゃんにも見初められたってことは俺って大したもんじゃね？」

「姉弟《きょうだい》揃ってお前にしてやられたって感じや」

「えっ～何か人聞き悪い言い方やなぁ」

二人で和やかに笑い合った後、海人が話し始めた。

「なぁ、日本でＬＧＢＴの割合ってどれくらいか知っとるか？　ネットで調べたから信憑性が高いとは言えんけど、約一〇パーセントやって。一〇人に一人って信じられるか。人間以外の生物でも同性同士の求愛行動みたいなこと、あるみたいやけど、ハッキリとしたことはまだわかっとらんらしい。確実に言えることは、子孫を残す目的以外にセックス楽しむのは、ほぼ人間だけってことや。だから俺思うんや。人間の同性愛者が生まれるのも自然の摂理なんじゃないかって。男女の交わりで人間が増えすぎんように、同性愛者があるる一定の割合で生まれるようになっとるんじゃないかって。もし仮にそうやとしたら、今日本じゃ少子化でたいへんやってんだから、なんか皮肉なもんやな。まあとにかく俺はその一定の割合の中の一人として生まれてきちまったってことや」

海人はひとしきり話した後、曇りのないスッキリとした表情をして、話し続けた。

「今はもう微塵も悩んでない。自分のことをしっかり受け入れとる。ジャンにも出会えたし、聡との絆も取り戻せたし。もうあとくされなくフランスに行ける」

聡も笑顔で応えた。

「そうやな。俺も海人との思い出は一生忘れん。大事な宝物や」

海人は大きく頷いた。

「聡」

「んっ？」

「最後に一つだけ頼んでもいいか」

「えっ何？　もしかしてチューか。チューはまずいやろ。しかもこんなところで」

「バカヤロー」

聡の茶化しに海人は口元に笑みを浮かべながらも白けた顔で言い返した。その後、漆黒の大きな瞳で聡を見つめながら真顔で言った。

「手ぇ握ってもいいか」

「いいよ」

海人の問いかけに聡は優しく答えた。そして聡のほうから包帯が巻かれた海人の右手をそっと握った。

「痛くないか？」

聡が囁くように聞いた。

「痛くない」

二人はそのまま黙って正面のガラス越しの景色を眺めた。海人は自分の手に重ねられた聡の手を見た。すると彼の目から涙がこぼれた。こぼれた涙が、聡の重ねた手の甲に落ちた。海人の唇が震えているのがわかった。聡も涙をこらえ、目頭を押さえながら言った。

「目に、ゴミ入った」

鼻をすすりながら聡が続けて言った。

「元気でな。たまにでいいから連絡しろよ」

海人は泣きながら黙って首を縦に振った。聡は海人が左腕を吊った三角巾で涙を拭いているのを見て、

「それ、鼻水で汚すんじゃねぇぞ」

と言って茶化した。

聡と海人は最後の二人だけの時間を静かに過ごしていた。黙って座る二人の前には、兼六園の雪吊りを外す作業が見えた。そして通りには沿道に植えられた早咲きの白い桜が咲

き始め、春の訪れが近いことを知らせていた。

翌日の夕方、聡は母の再婚相手と三人で食事をした。母は終始楽し気で、無邪気に笑う様はまるで少女のようだった。傍らには、義父となるであろう一人の壮年男性が、微笑みながら母を見守っていた。その姿に聡は生前の父の面影をぼんやり重ねた。聡がする他愛もない問いかけにも真摯に受け答えする彼の態度に好感が持てた。普段鈍感な聡でも、彼なら母を任せられると確信が持てた。

「母さんをよろしくお願いします！」

聡は帰り際、母の再婚相手に向かって大きく一礼した。そして桜が咲く頃に、聡の父の一七回忌法要への出席と、父が眠る樹木葬霊園の桜の木を観に行くことを約束し次の日に金沢を離れた。

東京に戻ってから、聡は海人にマンションの件を打診するのをすっかり忘れていたことを思い出し、ラインで連絡を入れた。すぐに海人から返事が来て、彼の父が快く承諾してくれたとあった。いろいろとありはしたが、聡は無事四月から海人が住んでいたマンションに引っ越すことが決まった。しかも家賃はただだ。ラインの追伸で、退院後、ジャンを連れて両親に会ったこと、海人の父とジャンが朝まで飲んでたいへんだったことが書かれていた。

海人はなんとか卒業式には間に合ったものの、左腕は吊ったままだった。痛々しくはあったが、付けていた黒い最新の腕吊りサポーターは、スーツ姿にそれとなくなじんでいた。

卒業の一週間後、海人はジャンと一緒にフランスへと出発した。四月の中頃、聡の元へ海人からラインが来た。パリのソー公園で、満開の八重桜をバックに、ジャンと寄り添う自撮り写真が送られてきた。何枚か送られてきた写真の中にはキスをしているものもあった。聡は見ている自分のほうが気恥ずかしくなった。そしてほんの少し寂しくもあった。海人の手作り弁当を持参して、公園で花見をしたことが楽しそうに綴られていて、最後に元気でやっているとあった。

「何見てるの？　ちょっと見せてよ」

横から加奈子が聡のスマホを覗き込んだ。

独り暮らしのこの機会に、料理のできる男子になりたいからと、聡が加奈子に頭を下げ

「料理指南」を頼み込んだのだ。そうして彼女は空いている週末の昼間、聡の元にやって来ることになった。

教師になったばかりの加奈子は、「社会人はいろいろとたいへんなんだからね」と文句を言いながらも、毎週のように献立を決めて食材持参で聡の部屋へやって来る。聡は、彼女との今の距離がこの先縮まることを密かに願いつつ、今日もキッチンに立ち、加奈子が見守る横で包丁と格闘していた。

不格好な人参の輪切りを、型抜きで桜の形にすると、先に煮込んだ大根と厚揚げの中に入れた。さらに煮込んだ後、仕上げに加奈子が絹さやを入れ、鍋の蓋をし、タイマーをセットした。

「できるまでビールでも飲もっか」

そう言って聡は冷蔵庫から缶ビールを二本取り出した。二人は海人が残していったビーズ入りソファーに座り、冷えたビールを開け、乾杯した。

第三章　桜ロンド

明け方五時前に目を覚まし、用を足した後、ゆっくりとした動作で寝間着を着替え、一杯の水を口にする。そしてまだ薄暗い中、店の脇にある勝手口のドアを開け、新聞受けの朝刊を取る。そのままリビングに行き、テーブルの椅子に腰かけ、それを読みながら外が明るくなるのを待つ。小鳥たちのさえずりが聞こえだすと、店のシャッターを開け、玄関の掃除をする。

これが麗子の毎朝のルーティンだ。店の開店は午前一〇時だがシャッターは自分が起きて間もなく開けてしまう。今日も無事生きて目覚めることができた証でもあるかのように、ここ数年来続けている習慣だ。来年八〇を迎える麗子にとって、これは儀式のようなものだった。

朝のルーティンを一通り終え、朝食をとる。以前一人の時は、インスタントの味噌汁と、玄米と白米を混ぜたご飯に納豆と生卵の黄身をかけて食べるだけの、簡素なもので十分だった。ところが四年前から若くて威勢のいい同居人が一人増え、麗子の朝食メニューはすっかり様変わりしてしまった。

　変わってしまったのは朝食に限ったことではなく、言わずもがな食事全般だった。急きょ五合炊きの炊飯器を購入し、それを毎日フル稼働させた。しかも日替わりで具沢山の味噌汁とボリュームたっぷりの副菜まで作ることになってしまった。おかげで同居し始めた当初は、日々の献立をあれこれ思案し、肩は凝るは、気は張るはでたいへんだったが、今ではそれも楽しみの一つになっていた。

　麗子は、金沢で暮らす妹の亡き息子の子供、つまり甥っ子の息子、聡と暮らしていた。二〇年ほど前、聡が生まれてまだ間もない頃、麗子の甥である聡の父、奏太が仕事で単身赴任のため上京することになった。その時もやはりこの店の二階を間借りして住んでいた。しかし奏太は上京して数年後に病に倒れ、金沢に戻ることなくこの世を去った。

　その後、奏太の息子聡は、東京の大学に進学が決まり、彼の母親から下宿先にと頼まれた。こうして、以前父が借りていた部屋に、今度は息子が住み始め、麗子と暮らしを共にしていた。

　朝食を食べ終えた後、聡を見送り、台所の片付けと洗濯を済ませると、店を開けるまでしばしの間ゆっくりと過ごす。普段はコーヒーのブラックを飲みながらちょっとした和菓子を口にする。気が向けばお気に入りの「松任谷由美」や「サザンオールスターズ」の曲をBGMにしながら鼻歌交じりに途中だった新聞記事に目を通す。

「ユーミンもサザンも今となっては懐メロ扱いなんてね。でもいい歌はいつ聞いてもやっぱりいいわー。ユーミン最高だわ」

そう毎回同じような独り言を言いながら若かりし頃を思い返す日々を送っていた。

麗子が母から引き継いで営んでいる「寿ぎ堂古書店」は神保町のさくら通りの路地を入ったところにある。神保町は第二次世界大戦時に空襲を免れ、先々代から始めたこの古書店も、なんとか建物を温存したまま商売を継続していた。麗子の父の代になり、日本がバブル景気に突入すると、その恩恵に与り、老朽化した店を建て直した。

新築した外観は、当時流行っていたコンクリート打ちっぱなしのお洒落な造りになった。店の正面にダークな色合いのはめ込み板を配し、店名を記した看板はあえて開業当初の古いものを掲げて、モダン且つアンティークな店構えにした。おかげで「うなぎの寝床」のような敷地間口の狭い玄関でも、以前よりは人目に付きやすい店構えになった。

建物は三階建てで、店舗は一階のみだ。一階奥と二階は住居スペース、三階と地下には小さな書庫を設けた。ドアも自動になり、シャッターも付けた。今は三階の倉庫に入れる本もなく、ただの物置スペースになっている。

主として扱っていたのは歴史書や古地図などだった。裏路地の小さな店ではあったが、バブル景気の全盛期にはマニアックなコレクターたちが全国からわざわざ足を運んで買い付けに来た。が、その好景気が幕を閉じると、売れ行きも目に見えるように下がり始めた。父が病で倒れ亡くなり、母が店を引き継ぐことになったのも、ちょうどこの頃だった。

さらにインターネットの普及に伴い、書籍全般の売り上げも落ち、今では平日の来客はほとんどない。一日五〇人くらい入れば良いほうだ。土日や祝日は顔なじみの客と観光客を合わせてもせいぜい八〇人といったところだろうか。来客があっても売り上げに直結することはそうそうない。古書は希少なものは高値で売買されるが、それ以外は通常の新刊並みかそれ以下だ。ネット販売は高齢の麗子には荷が重く、結局やっていない。

幸い新築ローンも完済し、支出は光熱費と日々の食費や日用品の購入くらいで、麗子の年金で十分暮らせる。今はわざわざ書籍の仕入れをしなくても、ほとんどが委託販売のため、本にかかるお金もそう必要としない。年寄りの道楽経営と言われても致し方ない。

麗子は、来年傘寿を迎える前に彼女なりに考え、思い切って今の店を畳むことにした。この五月の連休明けを目途に店を閉め、高齢者専用のマンションに移り住むことにした。このまま経営を譲渡できるなら良いのだが、当てもなく、とりあえず不動産会社に一任することにした。

決断し行動に出たのは年明けすぐのことだった。その約二か月後、幸いにも土地建物を含め現状維持で売却先が決まり、あとは蔵書や店頭書籍の在庫処分と自身の身辺整理を残すのみとなった。

現在同居中の亡き甥の息子、聡にもその旨を伝えた。彼は大学卒業後も今の研究を続けるため、同じ大学の大学院に進学が決まっていた。そのため麗子は彼の今後の住みかについて懸念していた。だが、四月から海外留学する友人の賃貸マンションが空き、その後を引き継いで住むことに決まったことを聞き、安堵した。こうして麗子は心置きなく店を畳む準備を始めることができた。

麗子が身辺整理を始めてから数日が経ち、三月ももう終わろうとしていたある日のことだった。いつものように店を開け、店内の清掃をしていた時だった。一人の女性が店の前で入るでもなく、そっと店内の様子をうかがっていた。まだ店を開けたばかりのこんな早い時間のしかも平日、女性一人での来店はかなり珍しかった。麗子は、観光客であろうその一見さんに、自分から声をかけに行った。店の前で立ちすくんでいる女性に近づくと、

「いらっしゃいませ。うちは神保町の古書店の中でもね、小さくて置いてある本もそう多くないんです。でもよかったらゆっくり見ていってくださいね。実は五月の連休で閉店するんですよ。これから閉店セールを始めようと思っていたところでしてね。もしお気に召したのあったら安くしときますよ」

そう言って思いっきりの営業スマイルでその女性に話しかけた。その言葉を聞いた女性は驚きの表情を見せると、麗子の顔を見つめたまま、涙を流し始めた。今度は麗子のほうがそれを見て驚き、慌ててまた声をかけ、女性の顔を覗き込んだ。

「あ、あの、どうなさったの？　何か私失礼なことでも言いました？」

「あ、いえ、私のほうこそ不躾にすみません。ただ間に合ってよかったと……」

女性はそう言うとまたハラハラと涙を流し、手で口元を押さえた。

「えっ？　その間に合ったって、どういうことですか？」

麗子はそう問いかけた後、しばしの間、静かに泣いている女性を見つめていた。そしてピンときた。まさかこの時が来るとは。麗子は動揺する気持ちを必死に抑え、その女性に尋ねた。

「貴女、もしかして『小暮早紀』さん？」

泣いていた女性は、麗子に名前を問われ、悲し気な表情が一変した。

「あの、私のことご存じなんですか？」

女性の一言で、そうでないことを願った麗子の思いは、無残にも崩れ去った。

「あ、やっぱりそうなのね。あのね、実はちょっとその、お話ししたいことがあって。その、今からお時間おありかしら？　よろしければなんですけど」

麗子はしどろもどろになりながら、必死にその女性に問いかけた。

「えっ？　ええ、今日この後は特に予定はありませんが。あの、なぜ私の名前をご存じなのかお聞かせいただけるのでしょうか」

ハンカチで涙をぬぐい、俯き加減でそう早紀は静かに言った。

するとちょうどそこへ聡が店の奥からやって来た。荷物の入った小ぶりの段ボールを両手で抱え、早紀を見て、「いらっしゃいませ」と一言声をかけて彼女の横を通り過ぎた。が、二、三歩行ったところで一旦立ち止まり、そのままの体勢でまた二、三歩戻り、早紀の顔を見て声をかけた。

「あれ？　どこかでお会いしましたっけ？」

そう問われた早紀は何か言いたげに聡の顔を見返した。その瞬間、麗子がとっさに声を上げ、聡の肩をつついた。

「何言ってんの。お客様に失礼でしょ。さっき引っ越しの荷物はお勝手口から運んでって言ったのに、もうっ。ほらお友達の車待ってるわよ。さっさと行きなさい」

「はーい」

聡は不貞腐れたように返事をしてから、早紀に軽く会釈して店を出た。友人の車に乗り込む聡を見送った後、麗子が早紀に話しかけた。

「あの子、奏太の息子よ」

早紀がハッとした顔をして麗子を見た。そしてすぐ真顔になり静かに応えた。

「わかります。よく似てるから」

一瞬二人は無言でお互いを見つめ合った。

「とにかく、ここじゃなんだから場所を変えてお話ししましょ。私今から店閉めて出かける準備するから、お向かいの『カボシャール』でコーヒーでも飲んで待っててくださる?」

「お店大丈夫なんですか?」

早紀が申し訳なさげに言った。

「いいのいいの。平日は開けてても大してお客も来ないし、それに私一人でやってるお店よ。店主の好きなようにするわ」

　麗子はそう言うと、店を出て向かいにある喫茶店「カボシャール」の入り口に立ち、早紀を手招きした。早紀は麗子の指示通り喫茶店のほうへと向かった。彼女が傍まで来ると、麗子は木枠のドアを開け、アンティークなドアチャイムを鳴らしながら店に入った。

「おっ、今日店休み？　麗子さん。美人のお連れさんも一緒にかい？　モーニング食う？」

　威勢の良いマスターがすぐに声をかけた。

「もう一一時になるわよ。言うならランチでしょ。そんなことより、ちょっとこちらの方にコーヒーお出ししてちょうだいな。それとランチ用のサンドイッチ二人前お弁当にして作ってもらえるかしら。私ちょっと身支度するから、その間に用意しておいてもらえると助かるわ。じゃよろしく、マスター」

　麗子はてきぱきとした口調で言うだけ言うと、マスターの返事も聞かず、早紀にここでしばらく待つよう告げて、そそくさと店を出ていった。

「麗子さんのお知り合いですかい？」

　ロマンスグレーに赤いバンダナを巻いた長身のマスターが、コーヒーを出しながら早紀に声をかけた。

「あっ、いえ。あの方の、その知人にお世話になって。その人に『寿ぎ堂』を教えてもらったんです。いつか来てみたいと思っていて、ようやく来れました。でも閉店するって聞いて、驚いて。なんとか間に合って良かったと思って」

早紀はマスターに話をしながら、また目を潤ましていた。

「そうなんだよねぇ。麗子さんまだまだ元気そうだし、俺としても少し続けてほしかったんだけどさ。来年八〇って聞いて、そいじゃ仕方ないかと思ったんだけど、見た目がとてもそんなふうに見えないからさ、俺、密かに狙ってたんだけど一〇も上だとはねぇ」

マスターは手際よくサンドイッチを作りながら話を続けた。

「今麗子さんとこに若い兄ちゃんが同居してんですよ。お孫さんかと思ったら以前あそこに単身赴任で下宿してた甥っ子の息子さんだって聞いてさ。で、甥っ子さん、こっちにいる間に病気になっちまって、結局亡くなったって。その人、うちに来ることもそうなかったから、どんな人だったかあんまり覚えてないんだよね、俺」

早紀はマスターの話に耳を傾けながら、何かを懐かしむように黙ってコーヒーを飲んでいた。

マスターは出来上がった二種類のサンドイッチを食べやすいよう小さく切り分けた。レタスと薄くスライスしたトマトの間に、一つはスモークチキンとチーズを挟んだもので、もう一つは厚焼き玉子を挟んだものだった。それらを均等に紙のランチボックスに入れた。それからデザートにと、苺と一口サイズのチョコブラウニーを用意した。最後の仕上げをしてマスターは早紀に話を続けた。

「その兄ちゃん、朝出かける時に俺と顔合わすとさ、おっきな声で挨拶してくれんの。なんか人懐っこいっていうか、天真爛漫な感じが俺好きでね。そんでこの間さ、夜中に店前でゲロ吐いて酔い潰れてんのをね、うちのバイトが見つけてね。一緒に介抱してやったんだよね。それからちょこちょこうちに顔出すようになってね」

マスターは嬉しそうに話した後、

「でもう、あの店畳んじまうしな。兄ちゃん、引っ越したらもう来ないだろうなぁ」

と言って他のお客のコーヒーを淹れながら、早紀を見て寂しそうに微笑んだ。早紀もマスターの顔を見上げて微笑み返した。

マスターと早紀が、あれこれと談笑していたところへ、麗子が再びドアチャイムを鳴らして店に入って来た。よく見ると、耳に花形のパールピアスを付け、口元には明るいローズ系の口紅を差し、しっかり化粧直しがされていた。服装も先ほど古書店で出会った時のものではなかった。タートルネックの白い春物セーターの上に、綺麗な薄紫の大振りストールを羽織り、デニムのロングフレアスカートというい出で立ちで、とても八〇近い女性には見えなかった。手にはA3サイズほどのクーラーバッグと小ぶりのショルダーバッグを持っていた。

「お待たせしてごめんなさいね。マスター、サンドイッチはできてる？」

麗子は早紀の顔を見てからすぐに、カウンターの中を覗き込むように言った。

「はいよッ」

マスターはサンドイッチの入ったランチボックスを二個麗子に手渡した。

「なにも外で食べなくってもうちでランチすりゃいいのに。サービスするよ」

そんなマスターの言葉に麗子が言い返した。

「何言ってんの、こんなお天気のいい日にお花見しないなんてもったいないじゃない」

「あっ、お花見行くの？　いいなぁ、俺っちも連れてってくんない」

マスターは甘えたような声で麗子に言った。

「はいはいっ、マスターとはまた今度別の機会に一緒に行きましょうね」

「えっ？　マジ？　俺本気にしちゃうよ」

マスターの問いかけに苦笑いしながら麗子は早紀に声をかけた。

「さっ、表にタクシー待たせてるから行きましょ」

早紀はキョトンとした顔をして麗子に問いかけた。

「あ、あの、お花見ですか？」

「いいから早く、マスター、ここに彼女のコーヒーとサンドイッチのお代金置いておくから。足りない分は後で請求してね」

麗子は千円札三枚をカウンターに置いて、足早に出ていった。早紀はあっけにとられているマスターに一礼して、麗子に続いて店を後にした。二人は待っていたタクシーに乗り込んだ。後部座席に二人で並んで座り、麗子は運転手に行き先を伝えた。

「北の丸公園の近くで停めていただけますか。運転手さんの停めやすいところで結構ですよ」

「かしこまりました。今日は天気も良くて桜も見頃ですからね、平日でも混んでますよ。ちょうど日本武道館が今何もやってないみたいですから、その辺に停めますね」

運転手はそう言って発車した。窓から外の景色を眺めながら麗子は早紀に言った。

「ごめんなさいね。お花見ここ数年行けてなかったから。私くらいの年になるとね、一年ごとに季節を迎えることが、命のバロメーターなのよ。その季節にしか見られない風景とかあるじゃない。特に桜は年度始めの春を告げるもっとも身近な花でしょ。ああ、今年も桜が見られた、また来年の桜も見られたらいいなって」

車窓から外の景色を見ていた麗子は、早紀のほうに顔の向きを変え、話を続けた。

「あんまりにもいいお天気だったから、何かとっさにお花見行こうって思っちゃったの。きっかけはともあれ、お花見行ってそこでお話ししようって。それにね、こんなことでもないとお花見行く機会ないと思って。だから、申し訳ないけどお付き合いお願いします」

麗子は子供が叱られて言い訳でもするかのように、早紀を上目遣いで見ながらも、口元は不敵な笑みを浮かべていた。そんな麗子を見て早紀も黙って微笑み返した。年寄りの悲哀を語る麗子だったが、早紀は自分よりも四半世紀以上は年を重ねてきた麗子に、人としての余裕と軽い威圧感さえ感じ、微笑み返すことしかできなかった。

一〇分くらい走り、タクシーは近代美術館や科学技術館の横を通り、北の丸公園を抜け、日本武道館近くに到着した。麗子は運転手に支払いを済ませ、礼を言って荷物を抱えながら降りようとした。

「それ、私がお持ちしますよ」

奥に座っていた早紀が、荷物を持て余している麗子を見て声をかけ、手を差し出した。

「えっ？　いいの？　助かるわぁ、ではお言葉に甘えて」

麗子はそう言うと、抱えていた保冷バッグを早紀に渡し、タクシーを降りた。後に続いて早紀も運転手に礼を言い、車を降りた。

「私のほうこそ、先ほどのコーヒー代もお支払いいただいた上に、タクシー代まで出していただいて、恐縮です」

「いいのいいの。私が誘ったんだから。ノープロブレムよ」

二人は北の丸公園の中程へと歩き始めた。

「普段は健康のために週三くらいでここらまで歩くのよ。靖国通りから九段下抜けて来ると、私の足でもそんなにかかんないんだけどね。今回は荷物もあるし、早紀さんも一緒だからタクシー使っちゃった」

歩きながら早紀に話しかけている麗子は、遠足途中の小学生のように終始笑顔で足取りが軽やかだった。早紀はそんな楽し気な麗子の横で、黙って話に耳を傾けながら一緒に歩いていた。

麗子は途中歩道を外れ、千鳥ヶ淵のほうに向け、園内の奥に入っていった。大小の木々の間を抜けると視界が開け、目の前に千鳥ヶ淵が満開の桜の間から見下ろすように見えてきた。

「良かった。ベンチ空いてた。ここお花見にもってこいの場所なの」

麗子は早紀にベンチに座るよう声をかけた。

ベンチは他に二台が間を隔てて千鳥ヶ淵のほうに向いて並んでいた。その二台はすでに先客がいたが左端の一台が空いていて、二人はそこに腰を下ろした。

「ホントは真ん中が一番眺めがいいの。両側からせり出してる桜の間からね、ちょうどお濠が見えて、絵になる風景なのよ。ここからだと桜がメインでお濠がよく見えないのよね～。まっそれはそれで良し」

麗子はそう言って自分で納得すると、早紀に持ってもらっていた保冷バッグを受け取った。バッグのファスナーを外し、中から将棋盤くらいの、二つ折りになったプラスチック板を取り出した。折り畳み式のミニテーブルのようだった。それを広げて早紀と自分の間に置いた。次にゆっくりワインボトルを取り出し、その後ワイングラスをテーブルの上に置いた。驚きながらその様子を見ていた早紀に、麗子がお道化たようにクスクス笑いながら言った。

「保冷バッグ、重かったでしょ？　ごめんなさいね。そりゃ重いはずよね。こんなにあれこれ入ってりゃね。自分でも用意周到すぎてなんだか恥ずかしくなっちゃうわ」

そう言った後、嬉しそうにサンドイッチを取り出し、二つのうちの一つを早紀に渡した。

「確かに瓶のようなものが入ってる感じはしたんですけど……、ちょっと驚きました」

サンドイッチを受け取りながら早紀は、麗子の顔を見て笑った。

「グラス、プラスチックだから慎重に扱わなくても大丈夫よ。赤ワインはスーパーで買ったやつ。ポリフェノールたっぷり入ってる健康志向者向けの。味も軽めで飲みやすいの」

麗子はワインボトルを取ろうとした手を止め、再び早紀を見て言った。

「あっ、断っとくけど毎日昼間っから飲んでるわけじゃなくってよ。孤独な老女が昼夜問わず酒浸りになってるなんて、洒落にもならないわ。お酒はいくつになっても程よく楽しくよ、なんて言いつつ実は毎晩の晩酌は欠かさないの。フフッ」

高齢で握力の弱い麗子は、ボトルのスクリューキャップを早紀に開けてもらい、ワインをそれぞれのグラスに注ぎ始めた。が、また途中で手を止め、ハッとした表情で早紀を見た。

「あらやだ、私勝手に注いじゃってるけど、早紀さん貴方、もしかしてお酒ダメだった?」

早紀が微笑みながら答えた。

「大丈夫ですよ。むしろ大好きです」

「そう、それなら良かった。私ってそういうとこあるの。ちゃんと確かめもせずに事を推し進めちゃうみたいな。年とっても生まれ持った性格ってなかなか直らないもんだわね」

麗子はそう言いながら引き続きワインを注いだ。二人のグラスにワインを注ぐと、

「とりあえず乾杯しましょ」

麗子は早紀のグラスに自分のグラスを当て、サンドイッチの箱を広げた。

「美味しいのよ。マスターのサンドイッチ。さっ、食べましょ」

二人は目前に咲き誇る満開の桜から、見え隠れする千鳥ヶ淵を見下ろし食事をした。麗子がサンドイッチを二切れ食べ終え三切れ目を手に取り食べようとしたところで、早紀に話しかけた。

「早紀さんは北の丸公園は初めて? 以前来たことはあるのかしら」

早紀は手に持っていたサンドイッチを箱に戻し、ワインを一口飲んで答えた。

「あります。何回か。ちょうどこの時期に」

ちょっと俯き加減で静かに話す早紀を見て、何かを直感した麗子は、控え気味にまた問いかけた。

「もしかして、奏太と？」

「はい、思い出の場所です」

早紀は答えた後、今度は麗子に問いかけた。

「私と瀬川さんとの関係をご存じなんですね。瀬川さんから聞いたんですか？」

「えっ？　えっ、ええまぁそれとなく……」

口ごもりながら麗子が答えた。

麗子の様子を見て、早紀は意を決したようにまっすぐ前を見て話し始めた。

「瀬川さんとは桜を介してお付き合いをするようになりました。瀬川さんが東京へ出向されてから一年後の春、お仕事で帰省されてる時にたまたま行きつけの居酒屋で出会いました。話しているうちにお互い桜が大好きだってことがわかって、一緒にお花見しようってことになったんです。誘ったのはもちろん私です。年に二回、東京と金沢でそれぞれ食事をしながらお花見を楽しむ、ただそれだけの付き合いでした。でもそのうちに男性として瀬川さんのこと、好きになってしまって。それで会うのをやめようと決めました。最後に私のほうから懇願して一夜を共にして、別れました」

早紀は奏太との関係を、躊躇なく素直に告白した。いきなりの告白に仰天した麗子は、三切れ目のサンドイッチを口の手前で止め、彼女を凝視した。

「あの、麗子さんって呼んでいいですか？」

「も、もちろんいいわよ」

「麗子さん、私と瀬川さんがここへ来たこと知ってて、あえて北の丸公園に誘ったのかと思ってました」

早紀は千鳥ヶ淵をじっと眺めながら麗子に言った。その言葉に麗子が慌てて答えた。

「えっ、違うわよ。誤解よ。だって手紙にはそんなこと書かれてなかったもの。私が知るはずないいわ」

「手紙？」

早紀は麗子の言葉を聞くや否や、くるりと首を麗子のほうへ向けた。麗子は「しまった」とでも言わんばかりの顔をして、とっさに口元を両手で覆った。その拍子に手に持っていたサンドイッチのマヨネーズが麗子の頬に付いた。しばらく二人は静止画のように動かぬまま、顔を見合わせていた。先に沈黙を破ったのは麗子だった。麗子は観念したかのように、口を覆っていた両手を外し、頬にマヨネーズを付けたまま神妙な面持ちで話し始めた。

「実は私、早紀さんに謝らなきゃいけないことがあるの。お店で貴方が早紀さんだってわかった時、正直、血の気が引いたわ。もう十何年も経ってるし、おそらく店に来ることないだろうって高くくってたから」

手に持っていたサンドイッチを箱に戻し、早紀のほうへ身体の向きを変え麗子は続けた。

「奏太が一五年ほど前に亡くなったことはご存じよね」

「はい、知ってます」

「白血病だったの、悪性の。骨髄移植もしたんだけど容態よくならなくって、東京の病院でそのまま。ほんとはその年の春に金沢に戻る予定だったんだけどね」

「瀬川さんが亡くなったことは、地元新聞のお悔やみ欄で、同姓同名の名前を見つけて。年齢も同じくらいだし間違いないと思って。でもどうしても確かめたくて、一〇日くらい経ってから、お悔やみ欄に載ってた住所を頼りに、瀬川さんと共通の知人を伴って車でご自宅まで行ってみました。玄関には喪中の紙が貼られてました。愕然としました。私はご焼香させてもらえる立場じゃないからって、知人に代わりにご焼香をお願いして、車内で待っていました。しばらくして知人が表に出て来て、その後玄関先まで奥様がお見送りに出て来られました。車は少し離れたところに路駐してたんですが、奥様は運転席の私に気が付いて、目が合った瞬間、思わず顔を伏せてしまって……」

早紀は奏太の死を知った経緯を話した。

「そう、そうだったの。やっぱり」

麗子は悲し気に俯く早紀を見つめながら、あらためて手紙のことを話し始めた。

「とにかく話を続けるわね。奏太が亡くなる前にね、私に手紙を託したのよ。京子さんに宛てたものと、それともう一通、早紀さん、貴方宛ての手紙。京子さんっていうのは奏太の奥さんよ」

「瀬川さんから奥様のお話も伺ったことがあって、お名前は存じてます」

「あらそうなの。そりゃそうね、何回か会ってりゃ身内の話だってするわよね。ってゴメンナサイ、不躾な言い方しちゃって」

麗子が続けた。

「それでね、その早紀さん宛ての手紙受け取った時、すぐピンときたのよ。愛人、もしくはその類へのものだなって。でもね、余命いくばくもない相手に根掘り葉掘り今更問い詰めるのもね、大人げないと言うか。それで黙って受け取ったわけよ。でね、奏太がその時言ったの。もし店を畳むことでもあって、その日までにこの宛名の女性が来なかったら破棄してもいいよって」

麗子はこの後に話すべき、早紀への懺悔を前に、気持ちを落ち着けようと一旦ワインを口にした。

「手紙を持ち帰ってから、とりあえず、居間に置いてある箪笥の引き出しに入れたの。その時はまだ母も生きていて二人暮らしでね。母も私も普段滅多にその箪笥の引き出しなんて開けることないし、とりあえずそこに仕舞ったまま、月日は流れていったのよ」

麗子は空いた自分のグラスにワインを注ぎ、早紀のグラスにも足して、また一口飲んでから、話を続けた。

「あれからあっという間だったわ。気が付けば私も来年八〇よ。気持ちはいまだに二〇代だし、頭ん中はお花畑で、蝶々が飛んでる感じ。でもね、身体はどう頑張っても寄る年波には勝てなくって。それでいろいろと考えた末にね、五月の連休最後に店を畳んでね、高齢者マンションに引っ越すことにしたの。で、身辺整理始めてスッキリしたのはいいんだけど、ちょっと大事なもの仕舞っとく場所なくなっちゃってね。そんな時、たまたま居間の箪笥の引き出しが目に入って、開けたら何か入ってるじゃない。見たら未開封の手紙でね、そこに書かれた宛名見て思い出しちゃったのよ。奏太から託された手紙だって」

ずっと俯き加減だった早紀が顔を上げ、麗子に言った。

「その手紙が私宛てのものなんですね」

麗子は早紀を見て首を縦に振り、再び話し始めた。

「手紙受け取った当時ね、ちょっと思案したの。もし宛名の女性が訪ねて来ても、『小暮早紀です』って名乗ってくれでもしないと渡そうにも渡せないじゃないって。まぁそれでもね、私なりに努力はしたのよ。若い女性の来店客に声かけてみたりしてね。ところがさ、ちょうどその年の春頃から変な感染症流行りだしちゃったでしょ。そしたら感染拡大防止対策とかでさ、しばらく休業余儀なくされて、それですっかり忘れちゃったのよ、手紙のこと。それからもう十数年以上も経っちゃったでしょ。で、見つけた時はもういいかなって。そのままシュレッダーにと思って、挿入口に入れようとしたんだけど……。その、一瞬魔が差したというか……」

　麗子は言葉に詰まり、早紀から目を逸らした。

「手紙、読まれたんですね」

「ほんとにゴメンナサイ！　もう来ないだろうって勝手に思って、そう思いだしたら無性に読みたくなって。気持ちの赴くままに封開けて読んじゃったの。最低よね」

　自分の犯した罪を白状し、麗子は心なしか安堵の表情を浮かべた。軽く酔いの回った麗子は、姿勢を崩して足を組み、さらに続けた。

「でね、読んで思ったの。手紙は宛名の女性へのメッセージなんだけど、すごく私の心にも響いたのよ。でもねぇ、無断開封しちゃったし、やっぱり証拠隠滅せねばと思って、今度こそシュレッダーの挿入口に入れようとしたの。で、その時フッと奏太の顔が頭に浮かんできたのよ。そしたらなんだか急に気が引けて、開封はしたんだけど、とにかくお店畳む最後の最後まで手紙はとっておこうって考え直したってわけ。そうでもしなきゃ、あの世で奏太に何言われるかわかったもんじゃないと思ってね。それにね、やっぱり宛名の女性にも、この手紙、読んでもらえたらなって思ったのもあるし」

麗子は、早紀に向いていた身体の向きを変えると、脇に置いてあったショルダーバッグから封の空いた手紙を取り出し、早紀に差し出した。彼女はそっと両手を出し、その手紙を受け取った。

「ありがとうございます。確かに麗子さんがおっしゃる通り、私、お店に伺っても、わざわざ名乗ることはなかったです。だって堂々と瀬川さんのこと口に出して名乗れる立場ではないし。今朝お店の前で、麗子さんが声をかけてくださらなかったら、この手紙を受け取ることもなかったです。だから麗子さん、開封されたことについては、そんなに心苦しく思わないでください。麗子さんを責める気持ちは一切ありません」

すでに四〇半ばの熟年女性になっていた早紀だが、渡された手紙を両手でしっかり持ち、頬を赤らめている彼女は、まるで恋する乙女のようだった。その様子を見た麗子は、目尻に皺を寄せ、柔和な笑みを見せた。

「早紀さん、貴方を見てたら、自分の若い頃を思い出しちゃった。私もいろいろあってね。ただね、私の過去は、貴方と奏太みたいなピュアな恋愛じゃない。もっとドロドロした昼ドラみたいなお話よ。聞いてくれる？　たぶん他人に話すのはこれが初めてかもしれないわ」

　麗子の言葉に早紀が頷いた。

「その前に麗子さん、さっきから気になっていたんですが、言い出すタイミングがなかなかなくて……。お顔にマヨネーズが付いてます。右頬のほう」

　麗子は早紀に指摘され、慌ててバッグから手鏡を出し、顔を映した。確かに右頬に大粒の真珠ほどのマヨネーズが、まるでえくぼのようにちょっと角を立てて付いていた。

「あらやだ、いつの間に付いたのかしら」

　すぐにティッシュでふき取り、化粧直しをした麗子だったが、こんな顔をしながらさっきまで真剣に会話していたのかと思うと、急に顔が熱くなって汗がにじんだ。

「もう恥ずかしいったらありゃしない。顔から汗出ちゃった。私、やることも子供みたいなのよ」

　情けなく笑い、麗子は早紀を見た。

「そんな麗子さんだからこそ魅力的なんだと思いますよ。私から見てもチャーミングで素敵だなって。何よりさっきまでの緊張感が、麗子さんのおかげで少し緩みましたよ」

　早紀は子供をあやすかのように麗子を穏やかな口調で褒めた。

麗子は再び足を組み、組んだ足の膝を両手で抱えた。そして千鳥ヶ淵のほうを見て話し始めた。

「私ね、これでもピアノ弾きだったのよ。音大出てからほんとはプロのピアニストになりたかった。とりあえず生活のためにホテルのラウンジでピアノ弾いてたのね。そのうち友達の紹介で以前の主人に出会って結婚したの。私が二八で主人は二つ上だった。主人は小学校の先生だった。彼、子供が好きで、早く子供が欲しかったんだけどなかなかできなくってね。ちょうど三年くらい経った時に思い切って検査したら、主人のほうが原因だった」

「もしかして無精子症だったんですか?」

「そうそれ。あの人、卑屈になっちゃって」

麗子は、一生夫婦二人での生活も厭わないし、子供なら養子を迎えることもできると、夫を励ましたが、夫婦関係は日を増すごとに、昼夜問わず疎遠になっていったことを淡々と話した。

「もうやりきれなくって、主人の顔見なくていいよう、わざと夜の演奏業務を増やしていったの。いっそのこと、この段階でスパッと離婚しちゃえば良かったのにね」

麗子が早紀のほうを見て苦笑いした。

「ずっとその状態で暮らしていたんですか？」

麗子を見て早紀が聞いた。

「そう。でね、私が三二くらいの時だったかな。ピアノ演奏してたホテルのラウンジでね、ある男性と知り合ったの」

その男性からリクエストされた曲を、麗子が演奏したことが最初のきっかけで、付き合うようになったことを話し、さらに続けた。

「頻繁に来てくれるようになって。私がピアノ弾き終わるまで熱心に聴いてるの。そんな姿見てるうちに、私のほうもいつの間にか彼に惹かれていってね。初めて行った食事の後で、すぐ男女の関係になった。結局それから頻繁に会うようになって。もちろん会えばすぐホテルに直行してセックス三昧だった。なんだかね、寂しかったのよ。それに、彼とは身体の相性が良かった」

淡々と赤裸々な話をする麗子だったが、彼女の品のある風貌のせいか、早紀にはなぜか下世話な会話に聞こえなかった。

「年は五つ下だった。彼、とある企業の御曹司だったの。取引先の社長令嬢とも婚約しててね。でも私たち二人にはそんなことどうでも良かった。彼のことは好きだったけど、割り切って付き合ってたように思う。彼とはセフレみたいなもんだった。早紀さんと奏太とは大違いでしょ」

麗子はまた早紀を見て微笑み、話し続けた。

「早紀さんがちょうど生まれた頃かな。日本はちょうどその頃バブル景気でね。二人で高級ホテルのスイートに泊まったり、海外旅行も何回か行った。クルーザー貸し切ったりね」

早紀はテレビでしか見たことがなかったバブル景気の時代を、リアルタイムで生きてきた麗子の若かりし姿を想像しながら、耳を傾けていた。早紀はふと麗子の夫のことが気になり、ためらいながらも尋ねた。

「ご主人は気付いてなかったんですか?」

「たぶんわかってたと思う。浮気してるってわかっていながら見て見ぬふりしてたんだと思う。世間体を気にする人だったから、自分から離婚に踏み切れなかったんでしょうね。子供ができないことが自分のせいなんだって、ずっと自分を責め続けて、そのうち彼、私を抱こうとしなくなった。だから浮気されても仕方ないって思ったんじゃないの。でも私は主人のこと、心の奥ではまだ好きだった気がする」

　麗子は黙って千鳥ヶ淵を見つめた。

「ホテルのラウンジで知り合った彼と付き合ってね、一年すぎた頃だったかな。できちゃったのよ。妊娠しちゃったの。もちろん彼の子よ。だって主人とはやってないし、そもそもやってもできないんだもの。私、産むことにしたの。で、一人で育てようって。主人とも彼とも別れてね」

　麗子は一旦早紀の顔を見て、また遠くを見るように、千鳥ヶ淵のほうに目をやった。

「主人には離婚届を渡して、次の日彼に会ったの。よく行くホテルのラウンジ。話をしたら彼、結婚しようって。婚約者と来月結婚するってのに何言ってんだろって。取引先のお嬢さんと破談になるってことは会社を窮地に追い込むってことなのに。しかもバブル景気もはじける寸前だったからなおのこと。大事な結婚話をおしゃかにできるのかって彼に言ったら、全部捨てて二人で出直そうって。まさか彼が真剣にそんなこと言ってくるなんて、思いもしなかった。それ聞いて私、怖くなったのよ。で、別れますってきっぱり言ってその場を去ろうとした時だった。彼が不意に私の腕を引っ張って、その時ハイヒールの踵が折れて倒れ込んだの。倒れる瞬間、テーブルクロス掴んで思いっきり引いちゃって。そしたらテーブルの上のグラスキャンドルが私のほうに落ちたのよ。もうその後はハッキり覚えてないの」

　麗子の話に衝撃を受け、早紀はテレビドラマの修羅場シーンのような情景を頭の中で想像していた。

「気が付いた時は、病院のベッドの中だったわ。身体中が痛くて熱くて、母と妹が付きっ切りで看病してくれた。首から左腕にかけて大火傷したの。皮膚は太ももから移植してね。リハビリでなんとか腕も動かせるようになったんだけどね」

　麗子はセーターのタートルネックの左端を右手で引っ張り、早紀に火傷の痕を見せた。確かに首から左腕にかけてケロイド状の火傷痕が、今でも生々しく残っていた。

「麗子さん、今の麗子さんからはとてもそんな壮絶な過去を経験されたなんて想像できないです」

　早紀がベンチに浅く座り直し、身体ごと麗子のほうに向けて言った。麗子は再び壮絶な過去の続きを話し始めた。

「そおう？　そうねぇ。私ね、火傷を負って病院に担ぎこまれてから、しばらく昏睡状態だったの。その間にいろいろ事が動いてた。結局子供は流産したた。それこそ罰があたったと思ったわ。母は主人と話し合ってくれて、お互いのために別れたほうがいいってことになって離婚は成立してた。そして例の彼、何度も病院に来たみたいだったけど、家族以外面会謝絶だからって追い返された」

「その後、その彼はどうなったんですか？」

　早紀の問いに麗子が答えた。

「後で母から聞いたんだけど、事を荒立てないようにって、彼のお父様が配慮してね、海外赴任になったそうよ。私の医療費も全額負担したいって言ってきて。母は断ったらしいけど、ごり押しで最終的には向こうが持った。婚約者とどうなったかとか、その後彼の消息はまったくわからない」

　早紀は身を乗り出し、麗子の顔を見て質問した。

「そんな修羅場を経験した麗子さんが、どうやって今のような明るさを取り戻すことができたんですか？」

　麗子が首を傾け、早紀のほうを見て微笑んだ。

「私、昏睡状態の間ね、亡くなった父の夢を見たの。子供の頃、ピアノの練習してる時にうまく弾けなくて泣き出すと、いつも父が言うの、『やめたくなったかい？』。すると私が『全然！　だって大好きだもん』って言う。それを聞いた父が『そう、弾きたくて弾くなら、楽しんで弾いたら』って。その情景を、大人になった私が見てる。すると父が大人の私を見て言ったの。『まだ生きたいかい？』って。そしたら私が『うん、まだピアノ弾きたいから』って答えた。父が『そう、それならせっかくだから楽しく生きたら』って。その後目が覚めたの」

そう言った後、麗子は両手を組み、その両手をそのまま頭上に上げて背筋を伸ばした。

「だからね、夢の中で父が言ってくれた通り、生かされた残りの人生は、せっかくだから楽しく生きなきゃって」

早紀と麗子は顔を合わせ、微笑み合った。

「聞いてくれてありがとうね。人の人生比べてとやかく言うのもなんだけど、私の泥沼不倫に比べれば、さっきも言ったように二人は純愛映画の主人公みたいで素敵じゃない。ってこんなこと言ったら京子さんに怒られちゃうわね」

麗子の言葉に、早紀は申し訳なさそうに俯いて言った。

「麗子さん、私がどんなに純粋な気持ちだったとしても、って言うか、純粋だったからこそ、いまだに奥様には後ろめたい気持ちがあるんです」

「そうかもしれないわね。そうそう、そういえば京子さん、今度再婚するのよ。彼女、実は貴方のこと知ってるの。早紀さん宛ての手紙読んじゃった数日後にね、京子さんに電話する用件があってね」

麗子は、京子の再婚話を聞いた際、奏太からの手紙に、早紀のことも書かれていたことを彼女から聞いた。そのことを早紀に話した。

「あの子、根が正直だったから、あの世まで黙って持ってけなかったのよ、早紀さんとのこと。京子さんの手紙にはね、お互い愛し合って息子ができたことが、この世に生きた最高の喜びだってことが真っ先に書いてあって、その後に、自分が先立ってしまうこと、それと貴方のことは詫びてたみたい。でもね、後悔してないって、書いてあったそうよ」

早紀は俯いていた顔を上げ、不意に麗子を見た。麗子は早紀を見て話を続けた。

「貴方が家の近くまで来たらしいことも言ってた。奏太が亡くなってしばらくしてから、以前行きつけだった居酒屋の店主が焼香に来たんだって。で、帰りに玄関先で店主を見送ってたら、彼が歩いていく先に、路駐してる車があって、運転席に若い女性が乗ってた。目が合ったら俯いて視線を逸らされたって。すぐ早紀さんだって気付いたそうよ。店主が焼香に来た時にね、なんとなく早紀さんに頼まれて来たんじゃないかって思ってたみたいよ、京子さん。手紙にね、奏太と早紀さんがね、焼香に来た店主の店で出会ったことも書いてあったみたい。でもね、早紀さんのことは詮索せずに黙って焼香してもらったそうよ」

「やっぱりあの時、奥様はご存じだったんですね。私、視線逸らして、俯いてしまったんです。で、車出す間際に思い切って奥様のほうを見たら、まだ玄関の前にいらして、私に向かって深々と頭を下げて見送ってくださったんです。あの時、心底申し訳ないと思いました」

「まぁ京子さん、奏太の死に加えて早紀さんのこと知った時は、動揺もしただろうけどね。彼女、芯が強いって言うか、肝据わってるとこあるから、『これも自分に与えられた定め』だと思って全て受け入れて生きるって。まだ幼い子供抱えて、たいへんだったろうけど、今は彼女幸せよ。だから早紀さん、貴方もこれからの人生を楽しく生きなさいな」

麗子は早紀の顔を覗き込んで言った。

「ところで早紀さんって結婚されてるの？　左手に指輪してたから、そうかなと」

「はい。娘も一人います。今年中学二年になります」

早紀の言葉に今度はちょっと驚いたように麗子が言った。

「そう、じゃあ今日はご主人とお子さんは金沢に？」

早紀はワインを一口飲んでから、はにかみながら答えた。

「いえ、実は私、今横浜に住んでるんです。横浜と言っても外れのほうで、地名が同じ金沢なんです。市じゃなくて金沢区ですけどね。主人の出身地がそこで。金沢八景の駅から海辺のほうにしばらく行ったところで、小さな私設図書館を主人と営んでます。カフェも併設してるんですよ。今度よろしければ遊びに来てください」

「なんだそうなの。安心したわ、幸せそうで。もしかして、今も奏太のこと引きずってんじゃなかろかって気になって」

麗子は早紀の話を聞いて拍子抜けしたようだった。麗子の言葉に早紀が答えた。

「今は家族にも恵まれて幸せだと思います。あっ、ごめんなさい。私、麗子さんに当てつけがましい言い方になっちゃいましたね。けっしてそんなつもりじゃないです」

「やぁねぇ、そんなこといちいち気にしなくて良くってよ。もう半世紀近く前から独身やってるベテランよ」

必死に謝る早紀に向かって麗子が軽く笑い飛ばした。

二人が話をしているうちに、お昼を回り、午後から少し風が吹いてきた。天候も良く、和らかな日差しが公園全体を覆い、そよ風が園内に立ち並ぶ木々を優しく揺らしていた。それに合わせ、満開の桜たちも躍るように揺れていた。揺れた拍子に花びらがハラハラと散り出していた。早紀はそれを見ながら麗子に話しかけた。

「麗子さん、この手紙、ここで読ませてもらってもいいですか？」

「早紀さんがそうしたいなら、私は全然構わないわよ」

早紀はそっと中の手紙を取り出し広げた。

手紙は、闘病中の奏太が気力を振り絞り、やっとの思いで書いたことが一目でわかる文面だった。筆圧の強弱がまばらで、ペンの運びも所々乱れていた。

早紀ちゃんへ

この手紙を読んでるってことは、「寿ぎ堂」に来てくれたってことだよね。

もしかして伯母さんに声かけてくれたのかな？　それとも伯母さんからかな？

そしてこれを君が読む時、僕はこの世にいないだろうな。

早紀ちゃんを丸の内の北改札口から最後に見送った時、いつもの水色のコートを着た君の後ろ姿が、だんだん小さくなっていくのを見て、悲しくて泣いてしまったよ。

本気で愛してしまったんだなって。

それから忘れるように仕事に没頭した。

そしてその年の冬に入院したんだ。

悪性の白血病だった。

いろいろ手を尽くしてみたけど駄目みたいだ。病気になった時は絶望したよ。

そして自分を責めた。

たとえ一夜限りでも、神は不貞を犯した自分に罰を与えたのかってね。

でもいろいろ考えてそれは違うと思った。

闘病生活送りながら今までのこと振り返ってみた。

仕事や家族のこと、早紀ちゃんとのこと。

そして気付いたんだ。

やり残したことはあるけど、自分がやってきたことへの後悔はないってこと。

そう、もちろん早紀ちゃんとのことも。

だからこう思うことにしたんだ。

僕の寿命が近々尽きることが決まっていたから、あの世に行く前に早紀ちゃんに出会って結ばれたんだって。

ところで早紀ちゃん、やりたいことあるって言ってたけど、叶えられたのかな？

もしまだ無理だとしても、諦めないで。

希望の種はずっと持っててほしい。

種さえ捨てずに持ってれば、いつか芽を出す日が来るかもしれないよ。

たとえ今やってることが、やりたいことと違ってるとしても、そのことが知らず知らずのうちに水や肥やしになって、君の中の種を育ててるかもしれないからね。

だからね、与えられた全てのことが、自分の種を育てるためなんだって思って明るく生きるんだよ。

やりたいことも月日と共に変化していくと思う。

種に芽が出て育っていくうちに、最初に咲かせたかった花と違う花が咲くかもしれない。

でもね、それはそれでいいんだ。

僕の種はそのままあの世に持っていくよ。

家族には樹木葬をお願いしてあるんだ。

一緒に行ったあの公園、覚えてるかい？

あの隣の樹木葬霊園だよ。

だから僕の種はきっと桜の木になるよ。

そしていつか君もこの世を去る時がきて、鳥になったら（生まれ変わったら鳥になりたいって言ってたね）僕の桜にも遊びに来てくれると嬉しい。

じゃあね。

瀬川奏太

麗子は、早紀が手紙を読んでいる間、ずっと千鳥ヶ淵を眺めていた。しばらくすると、早紀の鼻をすする音が聞こえてきた。しだいに音が大きくなり、しまいには嗚咽まで聞こえてきた。麗子は思わず早紀を見た。口元を手で押さえ、必死に声を押し殺して咽び泣く早紀があまりに痛々しかった。麗子は早紀に静かな口調で言った。

「泣きたいなら思いっきり泣きなさいな。そのほうがすっきりするわよ。今は隣のベンチにも周りにも誰もいないし、私に気兼ねなんてしなくていいから、ねっ」

そう麗子が言うや否や、早紀は声を上げて泣いた。麗子は残りのワインを自分のグラスと早紀のグラスに注いだ。早紀が泣き止むまで、黙ってワインを飲みながらまた千鳥ヶ淵の様子を眺めた。遠くから風に乗ってお花見を楽しむ客の声が聞こえてきた。しばらくしてようやく早紀の泣き声が途絶えた。麗子はベンチの背もたれに片腕をかけ、組んだ足と身体を早紀のほうへ向けた。

「どう？　落ち着いた？」

麗子の問いかけに早紀が答えた。

「はい。この手紙を読ませてもらってホントに良かったって。心の底からそう思いました。麗子さんに感謝します」

「盗み読みした張本人に感謝なんてしちゃ駄目よ。でもね、ホント、奏太の手紙に感銘を受けたのよ。私もね、希望の種を捨てずに持ってたおかげでね、この年でも花を咲かせることができたの。時々暇つぶしにね、作った曲をピアノで弾いてる動画をね、ＳＮＳの投稿サイトで流してたの。そしたらいつの間にかフォロアー数が増えててね、この間ＣＭ作ってる会社から連絡来て、曲使わせてくれって」

「素敵ですね」

「でしょ、小さな花かもしれないけど、とにかくあの世からお迎え来るまでは、大事に育てたいと思って」

実年齢より遥かに若く見える麗子だが、年を重ね、刻まれた皺もそれなりにはあった。しかしその皺さえも、花びらの脈のように、彼女の表情を生き生きと輝かせて見せていた。

麗子は少女のような笑顔で早紀に問いかけた。

「早紀さん、良ければ手紙に書いてあったこと聞いてもいい？」

「どうぞ」

「今日は水色じゃなくてベージュのコートなのね」

麗子がちょっとふざけたようにクスッと笑って聞いた。

「さすがに十何年も持たないですよ。お気に入りだったんですけどね。コート新調する時に同じ色探したんですけど、なかなかなくて」

早紀も麗子に笑いながら答えた。

「やりたいことあったの？」

「はい。当時本屋さんでアルバイトしてたんです。結局あの頃思っていた夢は叶ってませんが、今は充実した日々を送ってます。私の希望の種も、それなりに花を咲かせてくれたんだなって。私、瀬川さんが亡くなったこと知ってから、暗い日々を過ごしてました。そんな時、今の主人が慰めてくれて、なんとか立ち直ることができたんです。主人には瀬川さんとのことを正直に話しました」

グラスのワインを飲み干して、麗子を見ながら話を続けた。

「実は私、瀬川さんの桜に会いたくて何度かあの樹木葬霊園に行きました。瀬川さんが、公園横の樹木葬霊園に埋葬されたことは、焼香してくれた居酒屋のマスターが奥様から伺って、それを私に話してくれました」

麗子も奏太の法要時に訪れたことがあった。

霊園へ向かって山手のほうへしばらく行くと、途中から一本の坂道が右手前方に見えてくる。

その坂道の両脇には桜並木があり、満開の頃は桜のトンネルができた。坂道は桜のトンネルを抜けた辺りで、公園と、霊園へ向かう道とに分かれている。

早紀が静かに話し続けた。

「最初は三回忌法要の年でした。ちょうど桜が満開の頃、まだ朝靄がかかる早朝、誰にも会わないように行きました。まだ若木でちょうど瀬川さんの背丈くらいだったと思います。それでも花は咲いていて、とっても切ない気持ちになったこと、覚えています。次に行ったのは七回忌の時です。その時に彼に会ったんです」

「彼って？」

「息子さんです。当時は小学校の高学年くらいだったと思います。私は坂道を上っていく途中でした。野球のユニホーム姿の少年が、坂の上から走ってきて、バッタリ。まさかこんな早朝に人と会うとは思わなくって。そしたら彼、私の目の前で止まって、脱帽しておっきな声で挨拶してくれたんです。『おはようございます』って。毎朝父さんの桜見に、ここまでランニングしてるって言って笑顔で去っていきました。だから瀬川さんの息子さんじゃないかなって」

「そうだったの。それで聡ちゃん、早紀さんの顔見てあんなこと言ったのね。でもそんな子供の頃のたった一回きりの記憶、よく残ってたもんだわ」

「二回会ってるんです。次は一三回忌の時なので、そんなに前ではないし、記憶に残っていたのかもしれません。二回目の時は、すっかり青年になってました。最初に会った時と同じように、私が坂道を上り、彼は下って来ました。まだ朝靄がかかってて、近くに来るまでよくわからなかったんですが、顔見て驚きました。瀬川さんによく似てて。野球少年の時は思わなかったのに。彼は私の驚きようを見て立ち止まって、お互い顔見合わせちゃって。しばらく二人とも黙ってたら、彼の連れてた子犬が私の足元にじゃれついてきて。そしたら彼が子犬を叱って、その後話しかけてくれたんです。『何か自分の顔、変ですか』って。私は知人に似ててびっくりしただけと言って、お互い笑ってその場を去りました」

「そう、そんなことがあったのね。たぶん聡ちゃんが大学入学前の春休みね。毎朝『コン太』の散歩でそこらに行ってたんだと思うわ。京子さんが聡ちゃん出てっちゃうと寂しいからって、その頃飼い始めたばかりだったのよ。今はすっかり大きくなってね、立派な瀬川家の番犬よ」

「月日が経つのってあっという間ですね。その時見た瀬川さんの桜の木も大きくなってました。桜もこぼれんばかりに咲き誇って。今年一七回忌ですよね。また会いに行けたらと思ってます。でも、今回で最後にするつもりです」

「えっそうなの？　あっそうだ、今回も聡ちゃんに会えるかもしれないわよ。四月は春休み明けまで金沢にいるって言ってたわ。彼ね、尊敬する教授のロボット研究に携わりたくって大学院に行くんだって。なんでも遠隔操作でコミュニケーションとれるロボットの開発らしくってね。いずれは一緒に踊ったりスポーツしたりとかもできるようにしたいらしいわよ」

「そうなんですか？　実は今経営してるお店で取り入れられたらって主人と考えてたんです。最近は導入しているお店も多いんですよ。身障者の方がロボットを介して、身体のハンディキャップに関係なく誰とでも一緒に働けるんですよ」

麗子は早紀の言葉に驚いた表情を見せた。

「へぇおもしろいわねぇ。偶然にも目指すところが似通ってるって。不思議なこともあるのねぇ」

麗子は、先ほどから吹き始めた風に乗り、一片ずつ躍るように舞い散る桜の様子を見ながら話を続けた。

「早紀さん、ロンドって知ってる？　楽曲の形式でね、主旋律の間に違う旋律を挟んで何度も繰り返すの。日本語で『輪舞曲』とも言われる。輪になって踊りながら歌う踊りの様式のことを言う場合もあるんだけどね。早紀さんが桜を介して奏太と知り合った。そしてまた桜を介し私と出会い、聡ちゃんとも会えた。私たちにとって桜が言わば主旋律。私たちはロンドのようなもの。巡り巡って不思議な縁で繋がった。たとえ始まりが、貴方と奏太の道ならぬ恋であったにせよ、せっかく繋がったこのご縁、私はこれからも大事にしていきたいわ。それにね、何事も楽しんだほうが良くってよ。踊るように軽やかに。そして人生も然りよ」

麗子は早紀のほうを見て満面の笑みを見せた。

「現に今、私は貴方とこうやって話すことができてホントに良かったと思ってる」

「麗子さん、もちろん私もです」

「じゃあさ、今度は私と二人で毎年お花見しない？」

麗子は子供のようにはしゃいで早紀に提案した。早紀はそんな麗子の提案に快諾し、微笑みかけた。

「今度は横浜の桜も一緒に見に行きましょ」

二人は草木のざわめきを耳にしながら桜の舞い散る千鳥ヶ淵を眺めた。ふと麗子が時計を見るといつの間にか二時を回っていた。

「そろそろお開きにしましょうか。サンドイッチこんなに残っちゃったわね。マスターのサンドイッチ美味しかったでしょ。良かったらこれ全部持って帰らない？」

「そんな、麗子さんこそせっかくマスターが作ってくださったのに、いただかないと」

「私はまた店に寄って食べるからいいのよ。娘さんのお土産にどうぞ。育ちざかりでしょ。部活とかやってんの？」

「ええ、野球が好きで、小学校までは学童野球やってたんです。今でも中学校で男子と一緒に軟式野球してるんですよ」

麗子は大笑いして言った。

「ほんとに？　これまた聡ちゃんと一緒ねぇ。彼は高校までずっと野球やってたのよ」

麗子は残ったサンドイッチを、一つのランチボックスにまとめた。それを紙の手提げ袋に入れて、早紀に手渡した。

「ありがとうございます。では遠慮なくいただきます。ところで麗子さん、ちょっと気になることがあるんです」

「気になること？」

「はい。今度、瀬川さんのところへ行った時、もし息子さんに出会ったらきっと思い出すと思うんです、以前も同じように私と会ってること。その時、私とお父さんの関係を疑わないかと」

麗子はベンチに置いたグラスや空いた瓶、それに折りたたみテーブルを片付けながら早紀に言った。

「フフッ。たぶん大丈夫よ。あの子、鈍感だから。職場ですごくお世話になったからとかなんとか言えばそのまま信じるからね、きっと。すごくいい子よ。素直で明るくって。素直なのは奏太と同じだけど、あの天真爛漫なところは京子さん似かしらね」

「ほんとに大丈夫でしょうか」

「そんなに不安なら、会いそうな時間を避けて行くこともできてよ。早紀さん、聡ちゃんにほんとはまた会ってみたいんでしょ?」

「図々しいのは承知なんですが、もう一度会ってみたいのは確かです」

「なら今まで通り、腹くくって行ってきなさいな。必ずしも会えるかどうかはわかんないんだから。ねっ」

麗子は、早紀の肩に軽く手を置いた。年相応に節くれ立ってはいたが、桜色のジェルネイルを施した、白く長い麗子の指が、早紀の肩を優しく包んだ。


四月の初め、麗子は奏太の一七回忌法要のため、久しぶりに金沢を訪れていた。樹木葬霊園へと続く緩やかな坂道を上っていくと、坂の上のほうから手を振って走ってくる人影が見えた。だんだん近づくと、聡だとわかった。

「今日はお招きありがとう」

麗子は息を切らしながら自分を迎えに来てくれた笑顔の聡に挨拶した。

「霊園の隣の公園にね、去年イタリア料理のレストランができてさ。今日はそこで食事することになってんの。メッチャ楽しみでさ。あっ、でも母さんの再婚相手も出席するからあんまハメ外さんようにしないとな」

聡は、ゆっくりと坂道を上る麗子に歩調を合わせながら一緒に歩いた。横に並んでいたかと思うと、麗子の前に出て、後ろ歩きをしながら対面で彼女に話しかけたりと、相変わらず小学生のように無邪気で楽し気だった。

二人が桜並木に差し掛かった時だった。聡はとびっきりの笑顔で目を輝かせ、麗子に話し始めた。

「あっそうそう聞いてよ。この間引っ越しの荷物運んでる時、お店で会った女の人、やっぱ前に会ってたんだ俺。実は一昨日さ、朝『コン太』の散歩してたらばったり会ったんだよ。ここで。そしたら前にもここで会ったこと思い出してさ。そんでね、聞いたら父さんの知り合いだったんだ。でね、今横浜でご主人と私設の図書館やって……、そこで俺の研究してるロボットが……役に立……」

頬を紅潮させ、夢中で話している聡の横で、麗子は黙って微笑んでいた。

聡と麗子は、二人を迎え入れるかのように優しく揺れる桜のトンネルをさらにゆっくりとした足取りで通り抜けた。そして奏太が眠る桜の木へと向かった。

第四章　俺はウンポコ

今朝の採れたて胡瓜、相変わらず瑞々しくて美味いねぇ。なんせ俺様が精魂込めて育てたんやから、そりゃうめぇわなぁ。

そして今日も晴天、蝉も朝から威勢がいいねぇ。お天道さんを背にした霊峰白山連峰のシルエットも最高やね。後光が差しとるみたいで思わず手ぇ合わせたくなる。

毎朝日の出と共に起き、家の隣にある小さな畑の世話をする。朝飯の後は散歩がてら採れた野菜を近所におすそ分け。昼は食ったり食わなかったりで午後は昼寝。そして夕方また畑の様子を見に行き、汗かいた後は風呂場へ直行。夜はその日に採った野菜で適当におかずを作る。それをつまみに美味い酒を飲みながら、映画を観たり、音楽聴いたり至福のひとときを過ごす。ほろ酔いで気分の良くなった辺りで切り上げ、日付の変わらないうちに眠りに就く。

まぁざっとこんなもんやな。ここ数年の俺のライフスタイルは。絵に描いたようなじじぃの隠居生活って感じ。

蓄えがあるかってぇと、そうあるわけじゃない。六〇をとうにすぎとるけど、まともに年金払っとらんかったからな、もらえても雀の涙。ただもう、がっつり稼ごうって気はさらさらない。足りない分はたまに日雇いの仕事しながら稼いどる。それでなんとか暮らせとるから何の問題もない。今の生き方が俺にとっちゃベストってわけよ。

この家と畑は他界した親が残したものを俺と兄貴が譲り受けた。兄貴と俺は独り身同士で同居しとるんやけど、お互いライフサイクルが合わねぇから、ここんとこまともに顔合わせたことないな。

五年ほど前にいっぺん脳梗塞で倒れたことがあってな。幸い病院が近くやったってこともあって、後遺症もまったく残らず、この通り健在なわけよ。まぁさすがにタバコはやめちまった。酒はやっぱやめられねぇな。何でもかんでも好きなもん我慢して生きるくらいなら、散々楽しんで早く死んだほうがいいって思うもんな。ただな、ぽっくり死ねりゃぁいいけどよ、重度の後遺症で要介護なんてことになろうもんなら、迷惑千万この上ないやろ。だからこんな俺でも体調管理にはそれなりに気ぃ使っとるってこった。

こうやって日々健全?に暮らしとる俺もな、二〇年くらい前までは金沢の新天地って飲み屋街で居酒屋の店主やっとったんや。店の名前は「ウンポコ」ってんだ。自分で言うのも何やけど地元じゃちったぁ名の知れた店でな。店やめるときゃあ惜しむ声がひっきりなしゃったな。で、一瞬俺も迷ったけど、一度決心したことやしと思ってスパッとやめちまった。後悔がないかって問われると正直ちょっとあるかもな。なんせ店畳む時は結構儲かっとったし、観光雑誌やメディアにも取り上げられたくらい有名やったからな。

そんなに繁盛しとったんになんでやめたんやって？　俺、店畳む二年ほど前に実は結婚したんや。こう見えても結構モテるんやぞ。見た目はデブで食パンみてぇな顔に丸眼鏡のさえないおっさんやけどな。相手は店の常連客でな、普通の会社員やった。

俺、当時はかなり適当な店主でな、突然店休んだり、店開けたと思いきや、俺のきまぐれで急に客と飲みに行くことにして閉店したり。そうやって俺の元妻も一緒に飯食いに行って仲良くなった。それでめでたく結婚。

それから二年くらい、昼間勤めの彼女とは結婚してからずっと擦れ違いの生活やった。しかも俺、相変わらず店閉めて飲みに行ったりしとったからな。で俺なりに考えてな、二人の今後のためにもここらで思いきって店畳もうってな。

ところがよ、いざ店やめてしばらくしたら、女房のやつ俺の元から去っちまった。理由はいまだにわかんねぇ。今から考えると、店やめてから俺、昼間の仕事する気なくってよ、

プラプラしとったからそれが原因の一つかもなって。

ちょうど妹が亡くなったのも重なって、俺は失意のどん底状態。何にもする気おきなくてよ、しばらく引きこもったな。ひと月ぐらい経ってからかな、急に旅に出たくなってね。大型二輪の免許持っとったからバイク調達してな、インドからタイまでフェリーと陸路でバックパッカーや。中年男の一人旅、途中危険な目にもあったけどな、そんときゃ人生半分捨てとったから怖さはあんまり感じんかった。今は無事で良かったと思っとるけど。

日本に戻ってからしばらくして母親が認知症になっちまって二年ほど介護の日々やったな。施設の入居嫌がって結局亡くなるまで俺と兄貴で面倒みた。あの日々は自分ながらよく頑張ったと褒めてやりたいね。

とまぁこんな具合で今に至ったってわけよ。


でもこんな世捨て人のような俺だってよ、子供の頃は夢があってそれに向かって一生懸命やっとったんや。

ガキの頃喘息持ちで、その薬の副作用で太ってからそのまんま育ってよ、町内の相撲大会じゃ小学校一年から六年まで連続優勝やった。中学校から高校までは柔道部で全国大会出場経験もある強者やった。

で、そのまま柔道続ける道もあった。ところが高三になる春休みにな、某有名大学の柔道部に強化合宿で参加した時のことやった。そこで井の中の蛙が大海を知ってしまったわけよ。知ってなお自分信じて邁進する奴もおるんやろうけど、俺はその時点で挫折した。

その頃のうら若き竹山青年（俺のこと）はな、何を隠そう文武両道を実践する優等生でな、高校は市内で有名な進学校のI校やった。でもな、家の事情で大学進学はせんかった。そんで卒業と同時にいきなり東京に出て、小さな出版会社に就職したんや。高卒入社で最初にやる仕事っていいやぁ、当然小間使い。雑用の日々やったな。

日々の暮らしは貧しかったけど楽しかったねぇ。未成年の若造にとっちゃ大都会の東京で見聞きすること全てが新鮮でたまらんかったな。

住まいと言えば、風呂なしでトイレも炊事場も共同の、昔ながらの古めかしいアパート。住んでる奴は野郎しかいなかったな。男子専用じゃなかったが、ヤバそうな連中ばっかやったから、女子は住む気になれんかったやろう。

そんなやさぐれたアパートに一度妹が訪ねに来たことがあってな。もうそん時の俺の緊張感たるや、尋常じゃなかったな。アパートの野郎たち、珍しいもんでも見るみたいに妹のことジロジロ見やがって。

俺が言うのもなんやけど、妹は見かけも俺と違ってほっそりして色白で可愛かったんや。一晩泊まったが、アパート連中が気がかりで、ろくすっぽ寝れずに一日でげっそり痩せた気分になった。（もちろん気分だけ）

そんな愛しい妹は、それから三〇年後、乳がんでこの世を去ってしまった。ちょうど俺が店をやめた時やったな。あの時は辛かった。

結局金沢に戻るまで、俺はそのアパートに住んどった。常時野郎ばっかやったから、しまいにゃエロ本やダッチワイフ（今で言うラブドールやな）が堂々と共同スペースに置かれとった。ご自由にどうぞって感じで。で、使った後は洗浄しろよと言わんばっかりに消毒液とティッシュ箱、それにゴミ箱が添えられとった。恥ずかしながら俺も何回かお世話になったたなぁ。そういえばそのダッチワイフ、「ラブリーちゃん」って名前やった。なんか懐かしいねぇ。

それから何年か経って、俺もそれなりに編集者の端くれとして働いとった時やった。高校の先輩から突然連絡が来てな。先輩、居酒屋始めた矢先に大病患ってにっちもさっちもいかなくなって、代わりに店引き継いでくれそうな奴に連絡しとったらしくってよ。先輩が目星付けて連絡した同期や、他の後輩からは、色よい返事はもらえんかったらしい。なんせ店の場所が悪かった。その頃の新天地と言えば、ヤクザみたいな奴らが売春や賭博で稼いどる店もまだ何軒かあった頃やったからな。超進学校卒のエリート揃いに声かけてもそりゃ無理ってもんよ。

高校の頃は俺もそうだが、先輩もどちらかってぇと異端児扱いされた輩やった。先輩は大学に行ったが、案の定退学して東京でアルバイトしながら店やるための資金稼ぎに奔走する毎日を送っとった。やっと地元で自分の店出せたのも束の間やった。

今までの先輩の並々ならぬ苦労を知っとる身としては、無下に断るわけにもいかず、こうして俺は場末の居酒屋店主になるはめに。

お前なら引き受けてくれると思ったたって先輩に言われ、何か嬉しいような悲しいような微妙な心持ちになりながらも、俺は編集者の道を捨て、出版会社を辞めた。編集者としてこれからって時に辞めるんかって、上司には軽く引き止められたが、なぜか未練はなかったな。自覚はなかったけど、本能的に店主になりたいって気持ちのほうが勝っとったんやろな。

店の名前は「ウンポコ」。先輩がイタリア料理の店でアルバイトしとった時に、そこの店のマスターに教えてもらった言葉。

俺みてぇなデカいのが、「少し」ってのも笑えるよな。まっ、言葉の響きも可愛らしくて女子に受けそうやし、そのまま店名も引き継いだ。

店は小さくて六人くらいが座れるカウンターと、四人掛けのボックス席が三つ。ドアも木製で床はコンクリートむき出し状態。

料理のレシピも一応先輩から引き継いだんやけどな、俺まともに料理屋で働いたことなんかないし、ましてや自分で飯作って食うなんてほとんどなかったからな、もう自己流で何品か作って出しとったんや。それが意外に評判良くってな、いつの間にか定番メニューになって俺自身驚いたもんや。まっ、値段も安かったってのもある。

店やり始めた頃は思った通り、新天地周辺は無法地帯さながらやった。危ない目にも何回か遭遇した。変な酔っ払いのオッサンが入ってきて散々文句言って金払わずにトンズラしたり、表でヤクザの抗争劇に鉢合わせたり。流血した奴が店に逃げ込んできたことだってあったたな。そんなヤバい奴ら以外は、水商売のおねぇちゃんとその客みたいなのがその頃の主な客やった。

ところが翌年のバブル景気から新天地も徐々に開拓されてな、それに伴って治安も良くなって、いつの間にかヤクザな奴らは見かけなくなった。そんでもって斬新でお洒落な店が続々軒を連ねてね、俺の店が妙に古惚けて見えたもんや。

客層もガラッと様変わりしたな。その頃から日本に来る外国人が増え始めてね。その中でも仕事や留学で滞在する奴らがよ、安く飲み食いできる店探し求めて俺んとこにたどり着いた。それから外国人仲間の口コミでますます外国人客が来るようになってね。

今度はうちに来る外国人目当てに、若い姉ちゃんや兄ちゃんがこぞって店に来るようになった。そうすっと今度はメディア関係の奴らがアーティストとか連れてやって来たりした。気が付きゃ普通のサラリーマンはじめ、医者に教師に公務員まで噂を聞いてやって来て、ありとあらゆる人種の奴らが入り乱れて、毎夜閉店ギリギリまで大盛り上がり。

風が吹けば桶屋が儲かるってな具合かどうかわかんねぇけど、好循環の連鎖でよ。こうしてバブル以降、「ウンポコ」は金沢で有名な穴場スポットとして名を馳せたってわけよ。

なんかいつの間にかガキの頃の夢の話から店の話になっちまったな。まぁな、今の生活も俺らしくて悪くないけど、「ウンポコ」の時の俺も本来の俺やったような気がする。だからついな、いろいろとあの頃の思い出語りたくなっちまってよ。

バブル景気以降は物騒な出来事もなく、店もおかげさんで繁盛したな。それに調子こいて俺の好きなように道楽経営させてもろとったなぁ。店早々に切り上げてな、しょっちゅう常連の若い女子連れて飲み歩いとった。おかげでオッサン連中からは「休業中ばっかやんか、ちゃんと店開けろや」ってよくダメ出しされたもんや。

水商売やっとるとクラブやバーじゃなくてもいろんな色恋沙汰を見聞きする。俺んとこの客は職業も千差万別やけど、年齢層も幅広かったからな、それこそ大学生から九〇くらいの爺さんまでやって来て、たわいもない話で盛り上がる。その中でもやっぱ色恋の話は尽きんかったね。俺に相談する奴もいたが、まぁ所詮他人ごと、一見親身になって受け答えはするが、あとはよしなにって感じで、その後どうなったかなんて気にもせんかったし、ましてや自分から首突っ込むなんてことはなかったね。

そんな俺でもな、今でも奏太と早紀の二人には並々ならぬ想い入れがあってな。

もうかれこれ二〇年以上前になるかなぁ、この二人が俺の店で初めて出会ったのは。

金沢じゃちょうど桜が満開の時やったな。俺が桜花賞で一儲けして店に戻ったら、開けっ放しの店内に、奏太が一人カウンターに座っとった。当時はまだ三〇代の半ばやったと思う。前の年に金沢の職場から東京出向になってな。奥さんと生まれたばっかの息子置いて単身赴任やった。たまたま仕事で金沢に戻ったって言うとった。仕事帰りになんとなく寄りたくなって来たって。

そこへ早紀がやって来た。まだ三〇前の独身で快活な可愛らしい子やった。俺が競馬で儲かったらおごる約束しとったこと、ちゃっかり覚えとった。早紀にせがまれて、開けたばっかの店閉めて、早紀とその場に居合わせた奏太も一緒に三人で飯食いに行った。

飯食って店出た後、俺は自分の店に戻ったけど、二人はそのまま花見に行ったらしい。早紀も奏太も桜が好きやって意気投合しとったから、俺もつい軽い気持ちで、二人で夜桜見物でもどうやなんて言っちゃったんだよな。まぁ俺が言わんでも、たぶんあの二人は花見に行っただろうがよ。

それから五年ぐらい経った三月中頃やったかな、早紀からメールが来てな。その頃俺は、店やめて紆余曲折を経た後、隠居生活始めたばっかりの頃やった。俺へ連絡といやぁメールしかなかったからな。

巷の噂じゃ、店やめてから俺が行方知れずやって話になっとるみたいやけど、逃げも隠れもしねぇ、ちゃんと白山の麓で野菜作りしながら悠々自適に生きとるってぇの。

早紀とは彼女の意向もあって、以前からメルアドも住所も教えてあった。

しばらくぶりの早紀からのメールには、とにかく相談したいことがあって会いたいとのこと。俺も女子と二人で会うのは久々やし、二つ返事で承諾して日時と場所を指定して返信した。別に下心があったわけじゃないけど、なんだか浮足立ってそわそわしながら会いに行ったのを覚えとる。

久々に会った早紀は三〇をすぎて少し大人びて見えたな。それと同時に影があるというか、以前の快活さはなかった。

とりあえず俺たちは生ビールを飲んで、早紀の相談とやらを聞いた。その時初めて知ったのが、奏太の死やった。それと同時にあの春の日のひとときから始まった二人の恋物語を知ることになったんや。

早紀から詳細を聞くまで俺はすっかり忘れとった、あの時三人で食事したこと。早紀の話でようやく思い出した。まさか二人がそれから会い続けとったなんて思ってもいなかった。

早紀から聞いた話によるとやな、毎年東京と金沢でそれぞれ桜が満開の頃に、二人で花見をして食事するだけの仲やったんやと。そうやって逢瀬重ねていくうちに、異性として好きになっちまってたって。五年くらい経ってから、奏太が翌年任期終えて金沢に戻ることに決まったらしくてな、それで会うのをやめようって二人で決めたんだと。で、最後に一夜だけ共にして別れたって。

そもそも年に二回しか会わねぇで、そんな恋愛感情生まれるもんかね。牽牛と織女じゃあるまいし、そんなプラトニックな関係、俺なら面倒くさくて続けられんけどな。いや、でもあの二人にとっちゃ年に二回の限られたひとときやったからこそ、お互い想いが募っていったんかもしれんな。

その後、翌年の三月初めに新聞のお悔やみ欄で「瀬川奏太」って名前を見つけたって。年齢もほぼ同じやったから間違いなく本人やろうって。それでどうしても俺に協力してほしいことがあるって言われてな。

早紀によると、奏太との連絡はラインのみで自宅住所はお互い知らせてなかったとのこと。ということで、早紀が車で送迎するから、お悔やみ欄の住所を頼りに現地まで行って、自分の代わりに焼香してきてほしいって。そう言われてもなぁ、亡くなった日付から一〇日も経っとったしよ、いざ遺影前にして、もし万が一別人だったらどうすんねんって。

「すいません、人違いでした〜」ってすごすご帰るわけにいかないってぇの。

でもまぁよくよく考えたら、俺が二人を引き合わせたようなもんやしな。二人のこと聞いた時は多少なりとも責任感じたしよ。それに早紀のことは以前から年の離れた妹みてぇに可愛いと思うとったからな、ここは一肌脱ごうやないかって。

かくして竹山隊員（俺のこと）はミッションを遂行するべくやな、滅多に着ない喪服を箪笥の中から引っ張り出し、若干サイズが合わないことも気にもせず、早紀と示し合わせた日時に彼女の車で現地へと向かったのであった。ってわけや。

俺は迎えに来た早紀のコンパクトカーの後部座席に乗り込んだ。後部座席は俺の身体で占領されちまった。乗り込んでから気付いたんやけど、香典用意するの忘れちまって、早紀に動揺しながらそのことを伝えた。アイツちゃっかり用意しとった。香典袋には「ウンポコ」仲間一同って書いてあった。一同って俺と早紀だけなんによ。仲間からのほうが違和感ないしって、中に三万も入れて俺に手渡してくれた。今までの経験からつくづく思うんやけど、早紀に限らず女ってのはいざって時でも沈着冷静って言うか用意周到って言うか、しっかりしてんなって。

目的地に着いて、その住所の家の玄関見たら喪中の張り紙があった。早紀が俺をその家の前で降ろして、「近くで路駐しながら待つ」って言って、その場から一旦去っていった。

玄関の前でインターホン押す前の緊張感ったらそりゃもう尋常じゃなかったね。着慣れないスーツにネクタイってのもあって、すでに額から汗吹き出してんの。エイヤって思い切って押したらインターホン越しに女性の声が聞こえて、焼香に来たって言ったら玄関まで出迎えてくれた。その顔見てすぐ奏太の奥さんってわかった。彼女も俺の店に何度か来とったからな。京子ちゃんってんだけど、彼女も俺の顔見てすぐ「お久しぶり、マスター」って声かけてくれた。

玄関上がって、居間に通されてな。奥の床の間みてぇなところに遺影とお骨が並べて置いてあった。紛れもなく奏太やった。焼香済ませた後、しばらくして奥の部屋から奏太の息子が出て来て俺に挨拶した。今年小学生になるって言って、ランドセル見せてくれたときゃぁ、思わず泣いちまった。こんな幼い息子残して逝っちまうなんて、切なすぎるぜ奏太よって。


しばらく京子ちゃんと話をした。奏太が今年の春金沢に戻る予定だったこと、それなのに去年の冬に不治の病に倒れて、春を待たずに二月の末に亡くなったことを淡々と話してくれたな。それから奏太と俺の店に通っとった当時の思い出話も少ししたかな。二人とも同じ大学のサークル仲間やった。

遺骨を樹木葬霊園の桜の苗木の元に埋葬すること聞いて驚いた。以前奏太と早紀連れて三人で食事した時、確か奏太、生まれ変わったら桜の木になりたいって言っとった。その通りになっちまった。奏太よ、ちょっと早すぎやしねぇかって。お前さん、まだまだ人間でも良かったのによ。

帰る頃には俺の持ってた大判のタオルハンカチは汗と涙でぐっしょりになっとったな。

京子ちゃんが玄関まで見送りに出てくれた。近くに路駐しとった早紀の車に乗り込むまで、しっかり見送ってくれたもんやから、京子ちゃんと早紀がまともに顔合わせちまった。

後で早紀に聞いた話によるとな、早紀のほうは目が合った瞬間顔逸らして俯いたらしい。で、出発間際にチラッと京子ちゃんのほう見たらな、早紀を見て深々と頭下げて見送ってくれとったそうな。

俺は後部座席に乗り込んだ途端にもうぐったり。京子ちゃんの様子なんてうかがい知る余地もなし。大役仰せつかった下僕は晴れてお役目御免って感じや。背もたれに寄りかかったまま自宅前で早紀に起こされるまで高いびきで熟睡やったと彼女に言われた。

その後どうなったかって？　早紀とはそれ以降会ってない。ただな、その出来事がきっかけで早紀と京子ちゃんから毎年年賀状が来るようになってな、今でもそれが続いとるんや。そこに二人の近況やらが時々書いてあったりする。

そういやぁ何年か前に早紀が結婚したって年賀状に書いてあったな。住所見たら横浜市の金沢区やった。たまたま旦那の出身地が同じ金沢って地名やったみたいや。

馴れ初めなんかも書いてあったな。旦那と付き合い始めたんはこっちの金沢で、アルバイト先の本屋の社員やったそうな。ずっと早紀に想いを寄せとったらしいな。奏太のことで落ち込んどる時に励まされて、それから早紀もだんだんその彼に惹かれて一緒になったみたいや。灯台もと暗しやな。で、その翌年やったかな、子供生まれたことも書いてあったな。

そのまた数年後の年賀状にな、金沢八景って駅近くの海辺で小さい私設図書館とカフェ始めたって、書いてあった。

そういやぁ樹木葬霊園の奏太の桜を見に行ったたって、書いてあったこともあったな。

奏太の焼香ん時、京子ちゃんから聞いた樹木葬霊園を早紀にも教えてやったんや。せめて墓参りくらい行かせてやりたいと思ってな。

京子ちゃん、樹木葬霊園の場所をな、俺に教えた後、「お仲間の方にも、遠慮せず主人に会いに来てほしいと伝えてください」って俺に言ったんや。何かドキッとして、引いた額の汗がまた吹き出してな。もしや早紀と奏太のこと、知ってんのかって。もし仮に承知で言ったんやとしたらよ、妻としての威厳ってやつか？　彼女の肝の据わりようにただただ恐縮やったな。

早紀の奴、三回忌から節目の法要ごとに人目忍んで行っとったみたいや。七回忌と一三回忌の時やったかな、その樹木葬霊園行く途中の道で、なんと奏太の息子にバッタリ出会ったそうや。二回目に会った時はすでに青年で、奏太と顔や背格好がよう似とったからすぐ息子やってわかったって書いてあった。

あの世で奏太が仕組んだことなんか、何の因果かわからんが、人目忍んで行っても、出会っちまうんやなぁって。

でも今年来た彼女の年賀状には今年の一七回忌の法要で最後にしたいって書いてあった。もしや今回も早紀と息子が鉢合わせるんじゃないかって考えると、何か妙な期待感が湧き起こってな。いや、変な意味じゃなくてよ、二人にとっていい出会いになるかもしれんしな。って言うか、自らいい出会いにしていきゃいいんじゃないやろかって俺は思う。

今年の京子ちゃんの年賀状にも一七回忌のことはあったたな。あっとそれと再婚するって報告も書いてあった。


なんかな、人との出会いって、歌の文句じゃねぇけど、「あの日あの時あの場所で君に出会わなければ〜」ってまぁ誰しもがそんな感じで「偶然」と思うんやろうけどな。でも俺が思うに、出会うべくして出会ってるんやないかってね。

神様かご先祖様かわかんねぇけどよ、何か目に見えん力が働いて、お互い引き寄せ合ってんじゃねぇかって。その出会いを本人たちは「偶然」と思い込む。でも実は無意識に自分たちがお膳立てしてた「必然」なんやって。

何非科学的なこと言ってんだこのオッサンって思っとるんやろ？　でもな、どんなすげぇ科学者だって結婚式で神様に愛誓ったり、葬式で成仏願って読経してもらったりするんやからな、おかしな話ってもんよ。それによ、結局世の中魔訶不思議なことがいろいろあるからこそ面白れぇんじゃねぇか。

ただよ、だからって神頼みばっかじゃ人生ろくなことになんねぇと思うぜ。自分の人生は自分で切り拓かねぇとな。でないと神や仏も味方になってくれねぇってもんよ。

　まぁそれはともかく、あれから十数年も経ったんやなぁ。早紀も京子ちゃんも自分の道を前に進んで歩いとる。せっかくこの世に生きとるんや、少しずつでも前進してかんとな。

　そういうお前はどうなんやってか？　そうさなぁ、まぁ後退はしとらんと思うし、今の生き方に不満はないね。店の名前じゃないけどな、毎日「ウンポコ（少しだけ）」進んどるよ。マイペースでな。

「ウンポコ」のマスターやっとる時もホンマの俺やったよ。でももう店はやるつもりないし、誰かに「ウンポコ」継いでほしいとも思わんね。「ウンポコ」のマスターは俺やし、俺が「ウンポコ」そのものやからね。

　おっと、もうこんな時間になっちまった。どうりで陽も高いはずや。三丁目の田中さんちの爺ちゃんにな、漬物用の胡瓜と茄子欲しいって頼まれてよ。今朝持ってくって約束しとったんや～。あ～もたもたしとったら案の定や、軽トラ飛ばして来やがった。そんじゃ飛び切りうめぇの見繕ってやっか。

あとがき

最後までお読みいただきありがとうございます。読後感はいかがだったでしょうか。

物語は各章ごとに独立しており完結しています。が、第一章の奏太と早紀の出会いを軸に、各章の主人公たちも桜を介し不思議な縁で繋がっており、全章まとめて「桜ロンド」という一つの物語としても成り立っています。

多様性への受け入れが広がりつつある今、『恐れずに自分らしく生きてみる』をテーマに、それぞれの人生について登場人物に語らせています。自分らしく生きるための鍵は、「本当の自分を受け入れそして信じること」。現実には中々難しいと感じる方が多いかと思います。ただ時には心の声を聴いて、本来の自分と向き合うことも大切なのではないでしょうか。そんな思いを込めて書き上げました。何かしら共感いただき、明日への希望を多少なりとも見出していただけましたら幸いです。

次に各章について触れていきたいと思います。

第一章の物語は、主人公が生き方は違えど、共通の思いで通じ合った相手と、やがて恋に落ちそして別れを迎える展開となっています。

これも多様性を受け入れ認め合うひとつの形ではないかと思います。

第二章は、対照的な二人が引き寄せ合い、傷つき合うも、最後には絆を確かめ旅立ちを迎えます。主人公は聡ですが、葛藤しながらも本当の自分を受け入れ大きく前進した海人が物語のコアとなっています。

特に性的マイノリティについて取り上げた点については、「多様性」に紐づく生き方として、昨今とり上げられるＬＧＢＴＱについても自分なりに考えてみたいと思ったからです。実のところ私には該当する友人もいなければ当事者の方に取材させていただいたわけでもありません。ですから「実際はこんなんじゃない」とダメだしされる部分もあるかと思います。が、小説を書く上での表現の自由として許諾いただけますと幸いです。

第三章は麗子と早紀、それぞれが辛い経験を経た後、自分に素直に生きることで、幸せを導いていています。

高齢の麗子が、自分を活かすきっかけとなったＳＮＳは、まさに人種や年齢性別に関係なく多種多様な表現の場として今後増々活用されることでしょう。ただし表現の自由度が増せばそれに伴い自己責任と共有すべきルールの厳守も不可欠でありそのことが今後の大きな課題でもあるのではないでしょうか。

第四章の「ウンポコ」は以前金沢の飲み屋街に実在した居酒屋です。私も若い頃はよく通いました。店はずいぶん前になくなりましたが、店主は今も健在です。物語自体は店主から聞いた話を元に、私が創作したフィクションです。

この物語の主人公もまた、運命に逆らうことなくその時々の自分の思いに素直に生きています。まさに多様な生き方を選択している一人ではと思います。

僭越ですが、著者自身についても少しだけ追記させていただきます。

挿絵や表紙の絵も著者である私自身によるものです。イラストレーターとしてのネームは「ビーンフロッグ・K」です。訳すと「豆カエル・K」。豆粒みたいなカエルが小さい池で多くを奏でる。小柄でタフ？　な私を表したネーミングに我ながら満足しています。

今回の初出版を機に、自己の思いを物語に込め、どなたでも気軽に読んでいただける作品を発表していけたらと思っております。

最後に、この本を出版するにあたり、ご尽力くださった全ての方々に深く感謝し御礼申し上げます。

小池奏多

著者プロフィール

小池 奏多（こいけ かなた）

高校卒業後、デザインを学び地元金沢の広告代理店制作部等に勤務。
結婚・出産を機に自宅にて数年ほどイラスト作成の仕事を請負う。
その後事務職などを経て、大手雑貨店の販売促進担当として勤務。
2020年親の介護のため退職。
2022年以降、金沢の旧市街に暮らしながら創作活動を始める。

カバー・本文イラスト：ビーンフロッグ・K

桜ロンド

2023年4月25日 初版第1刷発行

著　者 小池 奏多
発行者 瓜谷 綱延
発行所 株式会社文芸社
〒160-0022 東京都新宿区新宿1－10－1
電話 03-5369-3060（代表）
03-5369-2299（販売）

印刷所 株式会社平河工業社

ISBN978-4-286-29067-6